Pakize Egmen

Leberwurst aus Klopapier

Die besten Großstadtlegenden

Taschenbucherstausgabe 10/2013

Copyright © 2013 Pakize Egmen

Umschlagillustration: © Cahide Egmen

Herstellung und Verlag: BoD - Books on Demand,

Norderstedt

Printed in Germany

ISBN 978-3-732-28054-4

Nutella

Eine junge Frau hatte Geburtstag. Sie war der Schwarm eines jeden Mannes, ließ aber keinen an sich ran und hatte auch keinen Freund. Die Frau hatte Geburtstag und ihre Freunde beschlossen, eine Überraschungsparty zu organisieren. Sie stiegen in ihre Wohnung ein, um das Wohnzimmer ein wenig zu dekorieren. Abends dann machten sie überall die Lichter aus und versteckten sich hinter dem Sofa. Kurze Zeit später hörten sie die Tür aufgehen und die junge Frau kam rein. Sie hörten sie in der Garderobe, anschließend wie sie ins Bad und danach in die Küche ging. Kurz darauf rief sie ihren Hund. Aber dieser wurde von den Gästen aus dem Haus geführt. Nach mehrmaligem Rufen ging das Wohnzimmerlicht an, die Gäste sprangen hinter dem Sofa hervor und sahen die Frau nackt, mit rasiertem Genitalbereich und draufgeschmiertem Nutella in der Tür stehen. Der Hund sollte ihr wohl die Nutella abschlecken. Man sagt sich, dass sie am nächsten Tag aus dem Gebiet weggezogen ist.

Im Kühlwagen

Ein Bahnarbeiter hat mit seinen Kollegen auf dem Kasseler Güterbahnhof zu tun. Dort wundert er sich über einen abseits stehenden Waggon - und schaut kurz vor Feierabend neugierig hinein. Kaum ist er drin, da schließt sich plötzlich die Tür. Er hört gerade noch, wie von außen der Riegel zuschnappt. Während er sich auf die Suche nach einem Ausgang macht, stellt er fest, dass er in einem Kühlwagen ist. Schreiend versucht er, auf sich aufmerksam zu machen. Aber vergeblich: Seine Kollegen sind schon weg. Dann findet er in seiner Tasche einen Block und einen Bleistift. Er beschließt, den langsamen Erfrierungsprozess, auf den er sich jetzt einstellen muss, wenigstens aufzuschreiben. Nach zwei Stunden notiert er: „Meine Füße werden zu Eis, ich zittere am ganzen Körper!" Als er am nächsten Morgen gefunden wird, ist er tot. Um ihn herum liegen lauter kleine Zettel mit der jeweiligen Uhrzeit und einer Beschreibung seines Zustandes. Als seine Kollegen den Waggon untersuchen, stellen sie fest, dass das Kühlaggregat des Wagens gar nicht in Betrieb war.

Die Tierärztin

Diese Geschichte soll sich im Salzburger Land abgespielt haben. Eine Frau ist spät nachts auf der Bundesstraße nach Hause gefahren, als sie zwei Autostopper am Straßenrand sah. Wegen des schlechten Wetters beschließt sie, die beiden Männer mitzunehmen. Nach kurzer Fahrt zwingen sie jedoch die Frau, in einen Seitenweg einzubiegen und vergewaltigen sie. Zu deren Überraschung wird die Frau anschließend recht höflich und meint, das habe ihr recht gut gefallen - da könne man doch bei ihr weitermachen. Die überraschten Männer willigen auf diesen Vorschlag ein. Bei ihr angekommen, gibt es zur Begrüßung für jeden ein Glas Sekt. Daraufhin wachen die Männer am nächsten Tag in einem Straßengraben auf und erkennen, dass sie kastriert wurden.

Der leckende Hund

Version I: Es war einmal eine Frau mit einem kleinen Hund. Diese Frau ging abends immer gerne aus und ließ ihren Hund zur Wache zu Hause. Sobald sie dann zurückkam, hielt sie ihre Hand unter ihr Bett. Leckte der Hund an ihrer Hand, war alles in Ordnung. Eines Abends ging sie mal wieder aus und als sie spät in der Nacht zurückkehrte, hielt sie wie gewohnt ihre Hand unters Bett um zu sehen, ob ihr Hündchen reagierte. Es dauerte nicht lange, da spürte sie auch schon das Lecken und so wusste sie, dass es dem Tierchen gut ging. Sie zog sich aus, schlüpfte in ihren Schlafanzug und machte es sich in ihrem Bett bequem. Als sie am nächsten Morgen in ihr Badezimmer ging, erschrak sie fast zu Tode, denn das, was sie auffand, war gar grauenhaft anzusehen: Ihr Hund hing in einer erbärmlichen Pose in der Dusche, sein Bauch war vom Hals bis zu den Hinterbeinen aufgeschlitzt und an den Fließen und am Spiegel stand in seinem Blut geschrieben: „Nicht nur Hunde können lecken".

Version II: Die Eltern ließen ihre Teenie-Tochter das erste Mal alleine zu Hause. Und das über Nacht. Aber sie machten sich nicht allzu große Sorgen, schließlich hat die Tochter einen Hund, ein ziemlich großes Exemplar, welches schon auf sie aufpassen kann. Sie bläuen ihr nochmal ein, nachzuschauen, ob auch alle Türen und Fenster geschlossen sind, bevor sie schlafen geht und fahren los. Die Tochter geht dann auch irgendwann schlafen. Nach einiger Zeit wacht sie allerdings wieder auf. Sie denkt, sie hätte ein Geräusch gehört, hat aber zu viel Angst um nachzusehen. Zur Beruhigung greift sie im Dunkeln nach ihrem Hund, der neben dem Bett liegt. Der leckt ihr die Hand, und sie fühlt sich schon etwas sicherer und schläft weiter. Aber sie wacht erneut auf, diesmal hört sie ganz genau ein komisches tropfendes Geräusch. Da sie sich sicher ist, den Wasserhahn gut zugedreht zu haben, entschließt sie sich lieber erst am nächsten Morgen nachzusehen, weil sie alleine eben doch Angst hat. Wieder streckt sie ihre Hand nach dem Hund aus, der sie auch wieder lieb ableckt. Am nächsten Morgen wird sie vom Schrei ihrer Mutter geweckt. Sie rennt zu ihr ins Badezimmer und kriegt den Schreck ihres Lebens: Ihr geliebter Hund hängt ausgeblutet über der Badewanne. Ihre Eltern bringen sie in ihr Zimmer zurück und erschreckt stellen sie fest, dass auf dem Boden neben dem Bett mit Blut geschrieben steht: "Nicht nur Hunde können lecken!"

Fisch? Nicht bei uns!

Ein junger Mann hat sich in einem Fast-Food-Restaurant einen Fisch-Burger bestellt. Ein paar Tage später hat er sich dann eine Fischvergiftung zugezogen und verklagte daraufhin das Restaurant. Diese haben jedoch mitgeteilt, dass in dem Fisch-Burger gar kein Fisch verarbeitet sei und deshalb die Vergiftung nicht von diesem Burger kommen könne.

Sieben

<u>Version I</u>: Ein Mädchen ging mit ihrer Mutter ins Spielzeugladen. Die Mutter fragte die Verkäuferin, ob sie eine Puppe oder einen Teddy zu verkaufen hat. Die Verkäuferin sagte, dass sie einen Teddy hat, der immer wieder die Zahl 6 wiederholt. Die Mutter kaufte den Teddy. Mutter und Tochter gingen nach

Hause. Die Mutter sagte zu ihrer Tochter, dass sie kurz den Müll rausbringt. Als die Mutter ging, spielte das Mädchen mit den Teddy. Als die Mutter wieder kam, sah sie ihre Tochter aufgeschlitzt in ihrem Zimmer. Der Teddybär sagte: 7.

<u>Version II</u>: Es gab einmal ein Mädchen, die sich seit langem eine Puppe zum Geburtstag wünschte. Der Mutter ging das irgendwann auf die Nerven. So kaufte sie ihr irgendeine Puppe aus einem Geschäft. Ihr war es egal, was für eine Puppe sie bekam. So kam es, dass die Tochter das Paket an ihrem 6. Geburtstag öffnete und eine scheußliche Puppe erblickte. Sie schauderte und schrie: „Mama, die Puppe macht mir Angst!" Die Mutter meinte aber: „Es ist nur eine Puppe, sie kann dir nichts tun. Und sieh mal, sie hält 6 Finger hoch. Es ist deine Zahl" Die Tochter nickte und blickte zur Seite. Aber man konnte ihre Enttäuschung, ihre Wut, ihre Trauer und ihre Angst deutlich im Gesicht geschrieben sehen. Zwei Wochen später ging die ganze Familie ins Kino. Nur die Tochter durfte nicht mitkommen. Es war ein Film, der nicht für sie geeignet war. Bevor die Mutter sich aus dem Kinderzimmer entfernte, flüsterte die Tochter: „Ich habe Angst vor der Puppe." Die Puppe stand an der Wand und blickte sie mit einem Lächeln im Gesicht an. Die Mutter aber sagte die gleichen Worte, wie an ihrem Geburtstag. Nach zwei Stunden schlief sie endlich ein. Als die Familie wieder zurück war, ging die Mutter noch einmal zu ihrer Tochter. Die Tochter lag tot im Bett, ihre Kehle war aufgeschlitzt, ihr Mund war wie zu einem Lächeln aufgeritzt und überall lag Blut. Die Puppe hielt 7 Finger hoch.

Saugende Katzen

Damals galten Katzen als die Werkzeuge von Hexen und es hieß, dass Katzen den Atem aus den Menschen "saugen" würden. Auch heute noch sagen ältere Frauen schwangeren und Müttern, sie sollen ihre Kleinen niemals mit einer Katze in einem Raum lassen, sonst würde die Katze dem Säugling den letzten Atem aus dem Leibe ziehen. Diese Legende ist eine sehr Alte. Katzen versuchen häufig, nahe unseren Gesichtern zu schlafen, um die Wärme unseres Atems zu genießen, also könnte die Katze ein Kind ersticken, indem sie es so macht.

Die ewig brennende Glühbirne

Die Zeit nach dem ersten Weltkrieg: Ein junger Mann aus der Umgebung von Essen hatte sich an einem verregneten Nachmittag auf eine Einkaufstour auf den allgegenwärtigen Schwarzmärkten begeben. Außer übertreuerten Lebensmitteln kaufte er bei einem Händler auch eine Glühbirne für sein Esszimmer, da die letzte erst vor kurzem zu Bruch gegangen war. Wieder zu Hause, schraubte der Mann die Glühbirne umgehend ein und erfreute sich an ihrem gelblichen Schein. Während der kommenden Jahre verrichtete die Glühlampe unentwegt ihren Dienst. Selbst nach Jahrzehnten leuchtete sie immer noch, was dem mittlerweile älteren Mann seltsam erschien. Schließlich musste er alle sonstigen Glühbirnen in den anderen Räumen schon dutzende Male austauschen. Kurz entschlossen stieg der Mann auf einen Stuhl, schraubte die Glühlampe heraus und entdeckte das Signum des Herstellers -

Osram, samt einer seltsamen Nummer auf der Einfassung. Da er unbedingt das Geheimnis der Langlebigkeit lösen wollte, schrieb der 50jährige die Firma an, schilderte seinen Fall und fragte, ob man ihm bei der Lösung des Rätsels behilflich sein könnte. Schon wenig später erhielt der ältere Herr ein Rückschreiben, wonach man ihm die Glühbirne gerne abkaufen wolle. Dieses kam dem älteren Herren allerdings äußerst merkwürdig vor, weshalb er das Angebot ablehnte, die Glühbirne in ein Bankschließfach sperrte und zu recherchieren anfing. Wie er nach Monaten endlich entdeckte, hatte der bekannte Glühbirnenfabrikant einst ein Patent auf eine Glühbirne angemeldet, welche ewig brennen würde und schlicht unverwüstlich sei. Allerdings wäre die Glühlampe nie in Massenproduktion gegangen, da dieses für Osram wirtschaftlicher Selbstmord gewesen wäre. Allerdings, so schätze der Mann, wären während der Kriegswirren scheinbar einige der Prototypen gestohlen und auf Schwarzmärkten verkauft worden. So war auch er an seine ewig brennende Glühbirne gekommen. Angeregt wurde diese Legende wahrscheinlich durch eine Glühbirne, welche in einer Feuerwache der Stadt Livermore ihren Dienst verrichtet. Bereits seit 1901 ist sie durchgehend in Betrieb, was sie zur langlebigsten Glühlampe der Welt macht.

Obdachloser Student

In den alten Hörsälen des Pharmakologischen Instituts der Universität Innsbruck waren die Sitzreihen noch aus Holz. Sie waren wie in einem Amphitheater über einem Hohlraum angeordnet, der durch eine rückwärtige Tür zugänglich war. Darin hat sich in den späten 70er Jahren monatelang ein Obdachloser aufgehalten, der sich hier eine Wohnstatt mit Matratzenlager und Kochgelegenheit eingerichtet hatte. Er verfolgte die Vorlesungen mit Interesse und bildete sich auf diese Art weiter. In seinem Lager wurde auch eine Vielzahl gestohlener Pornofilme gefunden, die er nachts über den institutseigenen Filmapparat vorführte. Entdeckt wurde er erst, als er sich während der Vorlesungszeit Speck und Eier zubereitete und der Essensdunst den über ihm sitzenden Studenten in die Nase stieg.

Lisa

Lisa wurde 1865 in London geboren. Sie hatte schwarze Haare, die ihr bis zur Taille reichten. Ihre Augen waren Himmelblau, was damals selten war. Ihr Vater war Arzt, deshalb konnte Lisa zur Schule gehen. Als sie 12 wurde, brach sie plötzlich zusammen. Ihr Vater untersuchte sie, und stellte fest, dass sie Krebs hatte. Als sie 16 wurde konnte sie schon nicht mehr aufstehen. Am 24.08.1881 lag sie tot in ihrem Bett. Sie wurde in ihrem weißen Sonntagskleid begraben. Damals konnte man noch nicht richtig feststellen, ob jemand wirklich tot war. Daher band man immer eine Schnur an einer Glocke und legte die Schnur in den Sarg. Ihre Mutter wachte Tag und Nacht am Grab ihrer Lisa. Der Vater konnte sich das nicht ansehen und gab ihr eine Narkosespritze. Am nächsten Tag ging der Vater zum Grab und sah, dass die Glocke auf dem Boden lag. Er ließ sofort den Sarg ausbuddeln und stellte fest, dass Lisa erstickt war. Der Sargdeckel war völlig zerkratzt und mit Blut beschmiert. Lisa hatte bei ihren verzweifelten Versuchen rauszukommen, ihre

Nägel abgebrochen.

Das 10-Meter-Brett

Es soll einen schrecklichen Unfall im Schwimmbad gegeben haben. Ein junger Mann springt von einem 10-Meter-Brett, landet auf seinem Bauch und reißt sich die Bauchdecke auf. Der junge Mann war sofort tot und seine Innereien schwammen im Wasser rum.

Leberwurst aus Klopapier

Diese Geschichte soll sich in der brandenburgischen Stadt Zehdenick um 1970 zugetragen haben. Einst gab es einen Metzger, der hatte sauberes Klopapier zerstampft, gewürzt und sie in die Tierdärme gefüllt und als Leberwurst verkauft. Als der Metzger deswegen verhaftet wurde, waren die Menschen sehr verärgert. Nicht, weil sie sich betrogen und angewidert fühlten, sondern weil es diese besonders leckere Leberwurst nicht mehr gab.

Das Hormonhühnchen

Vor einiger Zeit gab es in Italien das Problem des Hormonhühnchens. Das Geflügel wurde, um den Wachstum zu beschleunigen und das Fleisch noch zarter zu machen, mit weiblichen Hormonen gefüttert. Dies brachte ebenso mit sich, dass die Hühner größer und fleischiger waren, weshalb sie sich großer Beliebtheit erfreuten. Einige Zeit ging das gut, aber irgendwann bildeten sich bei den Männern die sogenannten Männerbrüste. Die Menge an Hormonen, die sie mit dem regelmäßigen Verzehr des Hühnchens zu sich nahmen, war angeblich so hoch, dass sie langsam kleine Brüste bekamen, besonders bei den dünnen Leuten fiel das auf. Außerdem kamen sie nicht richtig in den Stimmbruch, weshalb die Stimme erst recht verzerrt oder eher unnatürlich schief klang. In Plastiktrinkflaschen aus dem Supermarkt sind ebenfalls Östrogene, welche durch die Verbindung Kohlensäure & Plastik freigesetzt und im Getränk abgesetzt werden.

Besuch in der Bordküche

Ein Flug von New York nach Frankfurt. Unter den Passagieren der ersten Klasse befindet sich auch eine schwerreiche, juwelenbeladene ältere Amerikanerin. Merkwürdigerweise will sie aber ihre pelzbesetzte Jacke nicht ablegen. Gegen Ende des Fluges wird die Dame plötzlich sehr nervös und aufgeregt und fängt an, unter ihrem Sitz herum zu suchen. Gleichzeitig stürzt eine Stewardess mit kreidebleichem Gesicht aus der Bordküche und ruft einen männlichen Kollegen zu Hilfe. Hinter dem verschlossenen Vorhang teilt sie ihm hastig mit, eine Ratte sei in der Küche. Der Flugbegleiter ergreift ein scharfes Messer, sucht und findet die Ratte, zielt und trifft sie. Bevor er den toten Nager in die Mülltonne wirft, schaut er sich das Tier näher an: Es war gar keine Ratte, sondern ein zahmer Marder, den die Dame die ganze Zeit als Kragen um den Hals getragen hatte.

Das Messer im Pelzmantel

An einem Wintertag standen viele Leute in Russland an einer Bushaltestelle. Als der Bus endlich kam und die Fahrgäste einstiegen, gab es an der Tür einen fürchterlichen Schrei. Eine Frau im Ledermantel war zusammengebrochen und blutete stark. Sie wurde vom Rettungswagen abtransportiert. Im Krankenhaus stellte man fest, dass sie im Bein eine tiefe Schnittwunde hatte. Die Sehnen waren durchtrennt worden und sie blieb ihr ganzes Leben lang an einem Bein gelähmt. Bei einer gründlichen Untersuchung des Unfalls stellte sich heraus, dass an dem schönen Ledermantel kurz zuvor eine Reparatur vorgenommen worden war. Dabei hatte der Kürschner aus Versehen sein Kürschnermesser in das Futter eingenäht. Als die Frau dann im Gedränge in den Bus einsteigen wollte, kam es zu der unglücklichen Verletzung.

Festgesaugt

Diese Geschichte ist bei einer Fluggesellschaft ein Dauerbrenner: Die Toiletten der Flugzeuge funktionieren mit einem starken Sog, der beim Spülen die Schüssel leersaugt. Auf einem Flug soll sich einmal eine korpulente Frau so auf das Becken gesetzt haben, dass die ganze Schüssel hermetisch abgedichtet war. Beim Spülen sei sie nicht aufgestanden und wurde deshalb von dem entstehenden Unterdruck festgehalten. Sie konnte nur befreit werden, indem ein Steward sie mit einer Feueraxt so weit von der Brille hochhebelte, bis die Luft einströmen konnte.

Das Mädchen ohne Gesicht

Ein Ehepaar fuhr spätabends nach einem Kinobesuch nach Hause. Es war schon dunkel und sie fuhren über die Landstraße zurück in ihr Dorf. Am Straßenrand ging ein kleines Mädchen. Der Mann hielt sofort an und fragte, was es dort im Dunkeln alleine machen würde. Doch sie reagierte nicht und ging weiter. Sie fragten erneut, doch es gab keine Reaktion. Sie fuhren etwas vor um ihr ins Gesicht zu sehen. Das Mädchen schaute auf, ihre Haare hingen etwas über ihr Gesicht. Das Mädchen hatte kein Gesicht, es war wie verzerrt. Leere Augenhöhlen starrten sie an, ein völlig verzerrter Mund und statt einer Nase nur ein klaffendes Loch. Erschrocken von dem Anblick des Mädchens fuhren sie wie im Wahn in ihr Dorf zurück. Als der Mann am nächsten Tag in die Zeitung schaute, traf ihn fast der Schlag: "Geheimnis des Mädchens ohne Gesicht gelüftet: Es war Mord" Dieses Mädchen war der Geist einer 7jährigen, die auf dieser Straße auf dem Heimweg ermordet wurde. Man hat ihre Leiche gefunden, das Gesicht abgezogen und achtlos liegengelassen.

Semesterferien

Es waren gerade die Semesterferien angebrochen und ein schwerer Sturm fegte über den Campus einer einsam gelegenen US-Universität. Nur wenige Studenten waren auf dem Campus geblieben, weshalb dieser geradezu gespenstisch ruhig wirkte. Einige der Studenten hatten sich zusammengefunden, um einen ruhigen Filmabend gemeinsam zu verbringen. Die jungen Leute hatten schon alles vorbereitet und einige Horrorfilme besorgt. Nach dem der erste Film gelaufen war, verabschiedete sich eine Studentin, da sie sich nicht gut fühlte und darum wieder in ihr Zimmer auf der anderen Seite der Uni zurückgehen wollte. Wenige Minuten, nachdem sie gegangen war, hörten die Studenten an der Tür des Wohnheimes ein unheimliches Kratzen und Gurgeln - zunächst erschreckt, trauten sie sich nicht die Tür zu öffnen und aus dem Fenster konnten sie wegen der Dunkelheit nichts erkennen. „Komm schon, hör auf mit dem Scheiß", schrie einer der Studenten, in der Vermutung, dass ein Mitglied einer Studentenvereinigung ihnen einen Streich spielen wolle. Und tatsächlich kurz daraufhin verstummte das seltsame Kratzen und Gurgeln. Ohne weitere Störung setzten die einsamen Studenten ihren Filmabend fort, bis sie schließlich einschliefen und erst am nächsten Morgen erwachten. Als die Studenten jedoch in ihr Wohnheim zurückgehen wollten, machten sie vor der Tür eine grausige Entdeckung. Es war die Studentin, welche sich am vorigen Abend abgemeldet hatte; sie lag mit aufgeschlitzter Kehle in einer riesigen Blutlache. An der Tür waren lange Kratzspuren zu erkennen. Wie sich später herausstellte, war die junge Frau von einem Serienkiller ermordet worden - in ihrem Todeskampf hatte sich das Opfer noch bis vor die Tür geschleppt und versucht, mit dem Kratzen auf sich aufmerksam zu machen.

Der Hack-Job

Wenn ein sehr großer Mann stirbt und sich keinen speziellen extra großen Sarg leisten kann, hackt der

"Undertaker" häufig dessen Füße ab und legt diese dann neben die Beine in den Sarg. Die Familie des Verstorbenen sieht es nicht, da nur die obere Hälfte des Sargs geöffnet ist.

Scheinexekution

Eine Gruppe Soldaten hatte unter Führung eines Vorgesetzten eine bestimmte Aufgabe zu erfüllen. Einer der Soldaten tat dies nicht völlig zufriedenstellend, so dass der Vorgesetzte ihn mehr zum Scherz vor den Augen der anderen bestrafen wollte, nach dem Muster einer Exekution im Zweiten Weltkrieg. Er ließ den Soldaten vor sich hinknien, legte die Mündung der Pistole an dessen Genick, sprach irgendetwas von "Kriegsgericht" und "Tod durch Erschießen" und drückte ab. Zum Entsetzen aller löste sich ein Schuss, denn die Waffe war weder entladen noch gesichert.

Der Junge

Diese Geschichte soll im Jahre 1783 in einem Dorf stattgefunden haben: Ein kleiner Junge kam in die Schule. Er wurde dort aber immer wieder gehänselt, weil er ein Problem mit den Augen hatte; er zwinkerte fast schon im Sekundentakt. Außerdem wurde ihm nachgesagt, dass er leichte psychische Probleme hätte. Die anderen Kinder machten ihm das Leben zur Hölle. Er war ein Außenseiter und kapselte sich immer weiter von der Gesellschaft ab. Mit 12 Jahren verschwand er schließlich völlig. Lange Zeit geschah nichts weiter; die Monate strichen dahin, bis die Einwohner die Tiere fanden. Man hatte ihnen den Bauch aufgeschlitzt und die Augen zugenäht; die Körper waren übersäht mit scheußlichen, eingeritzten Zeichen. Doch dabei blieb es nicht. Eines Abends kam ein Junge nicht mehr nach Hause. Es wurde ein Suchtrupp losgeschickt. Sie fanden ihn in einem kleinen Waldstück, ungefähr einen Kilometer vom Ortskern entfernt. Er lag auf einem blutbespritztem Stein. Sein Bauch war aufgeschlitzt, die Augen zugenäht; auch dessen Leib war gezeichnet mit den seltsamen Zeichen. Sein Arm zeigte in Richtung des kleinen Ortes. Eine Woche später verschwanden gleich zwei Kinder. Man fand sie ebenfalls mit aufgeschlitzten Bäuchen und zugenähten Augen. Das eine fand man auf einer Wiese; auch sein Arm zeigte in Richtung Ortschaft. Das andere Kind war an einen Baum gebunden, diesmal wies das Gesicht zum Ort. Die Bewohner bekamen es mit der Angst zu tun und versammelten sich am Abend in der Kirche, um eine Lösung des Problems zu finden. Während dieser Versammlung kam eine völlig hysterische Frau in die Kirche gerannt und schrie: „Es hat meine Kinder genommen!" Am nächsten Morgen fand man eines der Kinder auf einem Hügel sitzen. Es wies dieselben Verletzungen auf. Das andere Kind wurde in einem kleinen Bach gefunden, der etwas außerhalb des Dorfes entlang fließt. Viele hatten das Dorf schon verlassen, als ein weiteres Kind verschwand; es war das Kind des evangelischen Pfarrers. Man fand es an dem Türsturz der Kirchentür; am rechten Fuß aufgehängt. Das andere Bein war angewinkelt, und an das andere Bein gebunden. Darunter hockte ein Junge, ein Messer in der Hand, Nadel und Faden in der Hosentasche. Als der Pfarrer seinen Sohn sah, schrie er laut auf: die Pose, in der sein Kind hing, war das Zeichen des Teufels! Jetzt wurde ihm auch klar, was die umgedrehten Kreuze auf den Wangen der Kinder zu bedeuten hatten; es war ein Werk des leibhaftigen Teufels. Er nahm eine Karte des Dorfes zur Hand und zeichnete die Fundorte der Kinder ein, dann verband er diese mit einer Linie. Als er sah, dass diese Linie ein Pentagramm beschrieb, zog er sofort seine Fläschchen Weihwasser aus der Tasche und sprach einige Worte eines Exorzismus. Der kleine Junge schrie wie am Spieß und krümmte sich vor Schmerzen, bis sich roter Rauch aus ihm löste. Sein Körper fing an zu brennen. als das Schauspiel vorbei war, kam ein heftiger Sturm und blies die Asche des verbrannten Körpers davon. Es stellte sich später heraus, dass es der kleine, zwinkernde Junge gewesen ist.

Schlechte Aufklärungsversuche

Eine Mutter von zwei Kindern, einem 6jährigen Mädchen und einem drei Monate alten Jungen, ist gerade dabei, den Jungen zu Baden. Das neugierige Mädchen sieht dabei zu und fragt seine Mutter, was "das da" denn sei, wobei sie zwischen die Beine des Babys zeigt. Die Mutter, um eine Antwort verlegen, sagt ihrer Tochter, dass der liebe Gott das vergessen habe abzuschneiden. Als die Mutter den Jungen zu Ende gebadet hat, lässt sie ihn auf dem Wickeltisch liegen um Windel im Nebenzimmer zu holen. Das Mädchen, durch die Worte der Mutter inspiriert, will etwas Gutes für seinen Bruder tun und beschließt, Gottes Vergesslichkeit auszugleichen. Sie nimmt eine große Schere und schneidet ihrem kleinen Bruder den Penis ab. Die Mutter, von den Schreien des Babys alarmiert, kommt zum Wickeltisch und findet das blutüberströmte Baby und ihre

Tochter mit der Schere in der Hand. Sie nimmt sofort das Baby an sich, wickelt es in ein Handtuch, um sofort mit ihm zur Notaufnahme zu fahren. In ihrer Panik vergisst die Mutter allerdings beim Ausparken des Wagens in den Rückspiegel zu sehen und überfährt ihre kleine Tochter, die ihr schuldbewusst zum Auto gefolgt war.

Der Kutscher

Es soll mal in Schottland ein Gasthaus gegeben haben. Das lag abseits der Dörfer an einer kleinen Straße. Die Straße führte durch die Berge. Eines Abends soll ein Mann in diesem Gasthaus eingekehrt sein. Er blieb eine Zeit lang und es begann zu stürmen. Der Mann rief sich einen Kutscher und verlangte, nach Hause gefahren zu werden. Der Kutscher lehnte ab, ihn bei strömendem Regen und Sturm zu fahren. Doch der Mann ließ sich nicht beirren. Er verlangte es und bot dem Kutscher einen Beutel voll Goldstücke. Widerwillig fuhr ihn dann der Kutscher. Das letzte was man von ihnen wusste war, dass die Kutsche den Hof verließ aber ihr Ziel niemals erreichte. Auch wurde niemals ein Wrack der Kutsche gefunden. Trotzdem geht man davon aus, dass die Kutsche einen Unfall hatte. Seitdem erzählt man sich die Geschichte in jeder sturmgepeitschten Nacht, dass der Kutscher erneut vor dem Gasthaus wartet. Und die, die einsteigen, werden niemals wieder gesehen.

Suizidversuche für Anfänger

<u>Version I:</u> Ein Mann wollte sich mit einem Strick

auf dem Dachboden aufhängen. Dabei stürzte er von der Leiter und verstarb kurze Zeit später im Krankenhaus an den Folgen eines Schädel-Hirn-Traumas.

<u>Version II:</u> Ein Mann will sich umbringen, nachdem seine Frau ihn verlassen hat. Er schließt alle Fenster und Türen und dreht das Gas auf. Allerdings dauert ihm das sterben dann doch etwas zu lange und er zündet sich zum Zeitvertreib eine Zigarette an. Das Ergebnis ist Offensichtlich.

<u>Version III:</u> Es soll jemand mal vom Dach eines Hochhauses gesprungen sein. Durch den starken Wind in der Höhe wurde er aber wieder, ein paar Stockwerke weiter unten, durch ein Fenster ins Haus zurückgeweht.

<u>Version IV:</u> Es wollte sich mal jemand umbringen. Zuerst versuchte er, sich an der Lampe mit einem Strick zu erhängen. Allerdings riss der Strick. Danach versuchte er, sich die Hauptschlagader aufzuschneiden, doch er stach immer daneben. Am Ende ging er ins Bad um die ganze Schweinerei wegzuräumen. Da rutschte er aus und brach sich das Genick.

Der Motorradfahrer

<u>Version I:</u> An einem ziemlich warmen Sommertag wollte ein Mann mit seinen Freunden einen Motorradausflug machen und ist zu einer Tagestour aufgebrochen. Die Motorradgruppe hatte sich für ihren Ausflug eine besonders hügelige und kurvenreiche Strecke ausgesucht. Alle waren recht ausgelassen und auf Risiko aus. Plötzlich verlor oben genannter Mann, der als letzter fuhr, die Kontrolle

über sein Motorrad und fuhr in den Wald hinein gegen einen Baum. Er hatte Glück und wurde vor dem Aufprall von der Maschine geschleudert, die völlig demoliert war. Ganz verstört und verwundert, mit dem Schrecken davongekommen zu sein, richtete sich der Mann auf und nahm den Helm ab. Plötzlich kippte er nach vorn und war tot. Sein Kopf war nur noch von dem Helm zusammengehalten worden.

Version II: Ein Mann fährt in seinem Auto eine Straße entlang. Da wird er von einem Motorrad überholt. Eigentlich nichts Ungewöhnliches. Auf einmal stellt der Mann entsetzt fest, dass der Motorradfahrer keinen Kopf hat. Sich einredend, dass es nur eine Halluzination ist, fährt der Mann weiter. Da wird er von einem Lastwagen überholt. Auch keine Seltenheit. Doch als der Mann die Ladefläche des Lastwagens erblickt, packt ihn das blanke Grauen. Aus der Ladefläche des Lastwagens ragten ungesicherte breite Eisenstangen und auf einer lag der abgerissene Kopf des Motorradfahrers.

Version III: Ein Motoradfahrer hatte einen Unfall. Er ist bewusstlos als der Rettungswagen erscheint. Die Rettungskräfte bemerken, dass sein Kopf ganz verdreht ist und drehen in richtig herum. Da bemerken sie, dass der Fahrer nur die Jacke verkehrt herum trug um sich vor dem Fahrtwind zu schützen.

Grüne Augen

Diese Geschichte geschah angeblich 1865 in London. Eine Frau namens Emily Hood heiratete einen Mann. Der Mann versprach ihr alles zu geben, was sie sich wünscht. Ihr Leben war perfekt. Nur ein Kind hatte ihr gefehlt. Eines Tages war sie schwanger. Ihr Mann sagte ihr, dass das Kind nicht von ihm sei und deswegen stellte er sie zur Rede. Sie sagte, dass es ihr Kind sei. Die grünen Augen des Kindes sind wie seine. Er widersprach ihr und schloss sie im Keller ein, bis sie ihm endlich die Wahrheit sagte. Er gab ihr natürlich jeden Tag immer etwas zu Essen. Eines Tages nahm er ihr das Kind weg und sagte, sie werde ihn nie wieder sehen, wenn sie nicht die Wahrheit sagen würde. Sie bettelte und flehte und tat alles was möglich war. Aber es war aussichtslos. Er schloss sie ein und zog mit dem Jungen um. Nach ein paar Tagen starb die arme Frau. Nach einiger Zeit heiratete der Mann wieder. Er hatte immer mal Gewissensbisse, aber verdrängte diese schnell wieder. Eines Nachts sah er die verstorbene arme Frau. Sie sagte, dass sie ihren Sohn haben wolle. Doch der Mann lief weg und nahm den Jungen mit sich. Er rannte zu einer Brücke und sagte dem Geist, er würde ihn runterwerfen. Die verstorbene Frau griff den Mann an und der unglückliche Junge fiel die Brücke hinunter. Er starb! Die arme Frau war sehr traurig und voller Zorn. Sie nahm den Mann und zog ihn in eine alte Hütte. Sie schloss ihn in einen Keller. Er sollte die gleichen Qualen haben wie sie vor ihrem Tod. Man sagt, dass jeder Junge, der grüne Augen hat, von ihr beschützt wird.

Der Schuss ging nach hinten los

Ein Junge hat es satt, dass seine Eltern sich ständig streiten. Im Streit kommt es des Öfteren vor, dass der Vater seine Schrotflinte holt, um der Mutter zu drohen, jedoch ist sie nie geladen. Der Sohn beschließt dem Ganzen ein Ende zu setzten, indem er das Gewehr lädt und sich danach von seinem Elternhaus stürzen will. Die Eltern streiten mal wieder, der Sohn steht auf dem Dach, der Vater holt die Flinte ohne zu wissen, dass sie geladen ist. Der Sohn springt vom Dach, in dem Moment schießt der Vater auf die Mutter, verfehlt sie jedoch knapp und trifft den herunterstürzenden Sohn durchs Fenster. Der Sohn ist tot, hätte jedoch bei einem normalen Sturz überlebt, da direkt an dem Haus ein Zelt eines Gemüsestandes aufgespannt war, in das er gefallen wäre.

Der Totenschädel

Drei Ärzte waren miteinander befreundet. Eines Abends beschlossen zwei von ihnen nach einigem Alkoholgenuss, sich einen Schädel vom Friedhof zu holen. Der Dritte wollte nicht mitkommen. Die beiden besorgten sich Schaufeln und gruben nach einem Schädel. Als sie einen gefunden hatten, rief eine laute Stimme: „Gib mir meinen Schädel wieder!" Zu Tode erschrocken warfen sie den Schädel in die Richtung, aus der es gerufen hatte und rannten nach Hause. Am nächsten Morgen vermissten sie den dritten. Er wurde tot auf dem Friedhof gefunden, erschlagen. Ein Schädel lag neben ihm.

Der Verrückte an der Eiche

Es waren einmal zwei beste Freunde, welche im Winter durch einen Wald gefahren sind. Plötzlich ging ihnen das Benzin aus. Der eine Freund, welcher durch die Kälte sehr krank geworden ist, bleibt im Wagen sitzen, während der andere Freund Benzin holen ging. Nach einer Weile kam der Freund immer noch nicht zurück. Um nachzuschauen was passiert sein könnte, zog der kranke Freund los um seinen Freund zu suchen. Man konnte die Spuren im Schnee noch wunderbar sehen. Bald kam er dann zu einer Lichtung auf der eine hohe Eiche stand. Die nackten Äste dem Himmel entgegen gestreckt. Aber an einem der Äste hing der Freund. Er baumelte im Wind und seine Füße schlurften über den Schnee der unter ihm zu einer braunen Pfütze wurde. Doch sein Kopf fehlte, denn damit schlug der Verrückte, welcher den Freund getötet hatte, auf den Baum ein. Der Verrückte soll angeblich im Wald gehaust haben.

Der betrügerische Anwalt von München

Vor vielen Jahren starb in München ein Anwalt, der sein Leben lang ein arger Rechtsverdreher und Beutelschneider gewesen war. Er hatte sich nie ein Gewissen daraus gemacht, Witwen und Waisen um ihr gutes Recht zu bringen, wenn er dafür bezahlt wurde. Nach seinem Tode trug sich etwas ganz merkwürdiges zu. Nachdem der Leichnam aufgebahrt war und man zwei Lichtlein angezündet und ein Kruzifix dazwischen gestellt hatte, gingen die Leute, wie es Brauch war, aus und ein, den Toten anzuschauen. Geweint hat aber niemand. Vor dem Haus waren viele Menschen versammelt, murmelten dies und das und Gott wolle seiner armen Seele gnädig sein. Auf einmal rauschte etwas durch die Luft, zwei großmächtige Raben flogen ans Fenster und hackten so lange mit ihren Schnäbeln drauf los, bis die Scheiben klirrend in Trümmer gingen und zum Erstaunen der Anwesenden - ein schwarzer Vogel aus dem Zimmer herausflog. Während die Menge auseinanderstob, flogen die drei Raben davon. Im Totenzimmer waren plötzlich die Lichter erloschen und das Kruzifix umgestürzt. Gleich darauf soll auch der Leichnam über und über schwarz geworden sein. Angsterfüllt vor all dem Geschehen, ging niemand hinter dem Sarg, als der gewissenlose Anwalt zur letzten Ruhe bestattet wurde.

Der geföhnte Hase

Eine Familie (Ein Ehepaar, zwei Kinder, ein Hund) hatte sich für den Umzug nach Osttirol entschieden. Doch schon am ersten Tag in der neuen Behausung tauchte der Hund plötzlich nach einem Ausflug ins Nachbargrundstück mit einem wild mitgenommen aussehenden und natürlich toten Hasen im Maul auf. Die Nachforschungen der Familie ergaben, dass ein verwaister Hasenkäfig im Garten der Nachbarn nur die Behausung des Beutestückes des Hundes gewesen sein kann. Um nicht gleich einen Nachbarstreit vom Zaun zu brechen entschloss man sich, so zu tun als ob nichts passiert wäre, schlimmer noch: Man entschloss sich dafür, den komplett verdreckten Hasen zu waschen. Als der Hase wieder als ein solcher erkennbar war, legte man ihn einfach vor Nachbars Haustür - sollten die doch denken, das Tier wäre an einem Herzinfarkt gestorben. Am nächsten Tag kamen die Nachbarn zu Kaffee und Kuchen bei der zugezogenen Familie vorbei. Man redete über dies und jenes, bis der Familienvater der Nachbarn auf ein besonderes

Thema zu sprechen kam - ihren Hasen. Und zwar: „Stellt euch das einmal vor: Vorgestern haben wir unseren Hasen begraben - und gestern liegt er geschniegelt und gestriegelt vor unserer Haustür!"

Der vergessliche Pilot

Nachdem ein Flugzeug besonders raue Turbulenzen hinter sich gebracht hatte, spricht der Kapitän auf die Wechselsprechanlage, um den Passagieren zu versichern, dass alles okay ist und die restliche Reise glatt verlaufen sollte. Er vergisst, die Wechselsprechanlage abzustellen und jeder in der Fahrgastkabine hört seine folgende Anmerkung zu den Co-Piloten: „Junge, ich könnte jetzt ganz sicher einen Blow-Job und eine Tasse Kaffee gut gebrauchen!" Als eine Flugbegleiterin wild den Gang in Richtung zum Cockpit herauf hetzt, um den Kapitän zu warnen, dass sein Mikrofon noch eingeschaltet ist, ruft ihr noch ein Passagier „Den Kaffee nicht vergessen!" nach.

Die Frau im Spiegel

Diese Legende handelt von einer alten Villa in Meckenbeuren. Angeblich soll in dieser Villa die Frau des Bürgermeisters ermordet worden sein oder er hat es getan. Jedenfalls heißt es, wenn man dort um Mitternacht in einen Spiegel schaut, dann sieht man erst die Frau wie sie noch am Leben war und dann ihre tote Gestalt. Wen man diese Gestalt sieht, soll man angeblich sterben. Augenzeugen berichten, dass in der Villa ein großer Spiegel steht. Jedoch ist er zerstört.

Die Katze

In einem Altenheim, irgendwo in den USA, lebte eine Hauskatze, die gerne mit den alten Menschen schmuste, sie beruhigte und beschäftigte. Jede Nacht suchte sich diese Katze ein Bett bei einem der Patienten aus und an jedem Morgen war der Patient, in dessen Bett die Katze geschlafen hatte, tot.

Die Rolltreppe

Vorweihnachtszeit - Einkaufszeit. In einem großen Kaufhaus in Oberhausen ist eine ältere Frau dabei, die ersten Geschenke für ihre Familie zu besorgen. Ein wenig planlos eilt sie durch die Gänge: Wo findet sie eine passende Krawatte für ihren Mann? Und wo ist die CD-Abteilung, in der sie hoffentlich die Alben findet, die ihr Enkel auf seinen Wunschzettel geschrieben hat? Von der Rumrennerei schon ein wenig genervt, hastet sie schließlich auf die Rolltreppe, um vom Erdgeschoss in den ersten Stock zu fahren. Sie achtet dabei aber nicht auf ihren Mantel, der fast bis zum Boden reicht - und der sich prompt in der Rolltreppe verfängt. Die Frau beugt sich runter, um den Mantel loszumachen - da werden ihre langen Haare von der Treppe erfasst: Sie wird skalpiert.

Die Zahnprothese

Version I: Eine Frau ging zum Zahnarzt und macht sich Sorgen um ihre Prothese, weil sie immer so juckte und fragte nach einer Salbe. Der Mann fragte: „Haben Sie die Prothese mal rausgenommen und nachgeschaut?" Die Frau sagte eiskalt: „Was? Die kann man rausnehmen?" Die Frau hat ihre Prothese nie gereinigt und unter dieser Prothese hatte sie dann Schimmel und Maden.

<u>Version II:</u> In Lienz/Osttirol wird eine besonders unappetitliche Zahnarzt-Geschichte erzählt, die sich tatsächlich zugetragen haben soll: Ein älterer Mann, der seit langem eine große Zahnprothese trägt, muss sich wegen pochender Schmerzen nun doch überwinden, seit langem wieder einmal den Zahnarzt aufzusuchen. Dieser entfernt sachgemäß die Zahnprothese, unter der Maden leben. Der ältere Mann wusste nicht, dass man die Prothese jeden Tag rausnehmen und säubern sollte.

Die abgetrennte Hand aus dem Himmel

Eine abgetrennte Hand fiel vom Himmel - auf das Deck eines Bootes. Eine Gedenkfeier auf einem Boot in Long Island (USA) am 1. Juni wurde von einem mysteriösem Vorfall überschattet: Eine abgetrennte, menschliche Hand war vom Himmel gefallen und auf dem Boot gelandet. Was unglaublich klingt, wird von Zeugen bestätigt. Zahlreiche Passagiere des Partyboots haben gehört, wie die Hand auf dem Boot landete. Einer der Schiffseigner berichtete: „Ich befand mich gerade in der Kabine, als ich ein lautes Geräusch hörte. Ich ging an Deck um nachzusehen und fand die Hand." Doch woher kann die Hand gekommen sein? Auf dem Festland wäre ja denkbar, dass sie aus einem Fenster geworfen wurde. Aber auf dem Atlantik? Kam die Hand vielleicht aus einem Flugzeug? Und wem fehlt jetzt eine Hand? Oder gibt es zwischen Himmel und

Erde doch eine übernatürliche Zwischenebene? Immer wieder wird berichtet, dass Frösche, Fische, Insekten und sogar Steine vom Himmel gefallen sein sollen. Auch die Polizei des Bundesstaates New York kann sich bis jetzt nicht erklären, woher die Hand gekommen ist. Polizeisprecher John Azzata: „Es ist ein Mysterium."

Die blutige Gräfin

Einst lebte eine Gräfin mit vielen Bediensteten und Freunden in ihrem Schloss. Sie war jung, hübsch und voller Lebenslust. Doch als sie das zwanzigste Lebensjahr hinter sich gelassen hatte, fiel ihr auf, dass nicht nur die Damen um sie herum alterten, sondern dass auch an ihr selbst nach und nach Spuren der Zeit nagten. Aus Angst, dass sie irgendwann niemand mehr hübsch finden würde, fing sie an, in alten Büchern zu lesen und nach einem Jungbrunnen - oder ähnlichem - zu suchen. Schon bald fand sie eines über dunkle Magie, in welchem beschrieben wurde, dass das Blut von anderen verjüngend und lebensverlängert wirken solle. In ihrem Wahn, dem Alter zu entgehen und ewig jung sein zu können, begann sie nach und nach, ihre Bediensteten und Freunde abzuschlachten und in deren Blut zu baden. Als sie dann ganz alleine war und niemanden mehr hatte, der ihr Leben verlängern sollte, begann sie, Fremde von außerhalb in ihr Schloss zu locken. Sie köderte sie mit Versprechungen, verführte sie oder gab vor, ganz allein zu sein. Dies fiel den Bewohnern des nahe gelegenen Dorfes nach einiger Zeit immer mehr auf und sie beschlossen, dem Ganzen ein Ende zu setzen. Sie schlossen sich zusammen, gingen zum Schloss und stellten die Gräfin, welche noch immer getrocknetes Blut in den Haaren hatte, zur Rede. Sie schlossen sie im höchsten Turm des Schlosses ein, mauerten die Türen und Fenster zu und ließen sie dort alleine sterben.

Die große schwarze Katze

In einem alten Haus lebte ein alter Mann. Er hatte keine Kinder und auch keine Ehefrau. Nur eine große schwarze Katze. Aber da er so reich war und nichts vererben wollte, schloss er sich auf seinem Dachboden ein und zählte jeden Tag sein Geld. Aber er war nicht nur geizig zu sich selbst, sondern auch zu seiner Katze, welche nur alle paar Wochen etwas zu essen bekam. Er meinte, sie solle sich selbst mit Mäusen versorgen. Aber da der Mann ja so geizig war, lagen bei ihm keine Sachen herum, welche die Mäuse interessierten. Also gab es keine Mäuse und der Alte ließ die Katze auch nur selten hinaus. Deshalb hatte sich die Katze in ihrem Überlebenstrieb eben einfallen lassen, in der Nacht, wenn der Alte schlief, ihm das Blut auszusaugen. Er wurde immer kraftloser und eines Tages war er verschwunden. Die Katze auch. Viele Jahre vergingen und das Haus wurde wieder vermietet. Die Leute, an denen das Haus vermietet wurde, schworen, dass sie nachts immer seltsame Geräusche hörten, die sich wie schlürfen anhörten und sie sahen oft Schatten, die sich leise davon schlichen. Eines Tages folgten die Leute dem Geräusch und sie standen vor der Treppe des Dachbodens. Als sie hinaufgingen und die Tür zum Dachboden öffneten, befahl sie das Grauen. Die halbvertrocknete Leiche des Alten saß auf dem Sessel und in der knochigen Hand hatte er ein Büschel schwarzes Fell.

Die wehklagende Frau

Diese Legende stammt angeblich aus Deutschland in Heppenheim. Heppenheim hat eine Burg welche Starkenburg heißt. Als die Starkenburg vor vielen Jahren belagert wurde, zogen viele Ritter der Burg in den Kampf. Von den vielen Streitern kamen nur wenige zurück. Eine der Frauen trauerte ihrem gefallenen Ehemann jedoch so sehr hinterher, dass sie noch heute wehklagend und jammernd durch die Wälder und Felder, Wiesen und Weinberge geistern soll. Meist kurz nach Sonnenaufgang, wo sie als weiße Gestalt erscheint. Nur nebelhaft soll man Ihre Konturen erkennen können. Diese Frau soll tatsächlich heute noch zu sehen sein und viele Heppenheimer schwören darauf, sie gesehen zu haben.

Augenlicht

Eine junge Frau war blind und wurde in einer Klinik im Ausland erfolgreich operiert. Als sie bei der Rückfahrt mit dem Zug durch den Tunnel fährt, wird es schlagartig dunkel im Waggon. Prompt denkt sie nun, sie sei wieder blind und macht in dieser tiefsten Verzweiflung ihrem Leben ein Ende.

Spinnennest im Kopf

Diese Legende soll aus Deutschland stammen. Eine

Frau kommt aus dem Urlaub, den sie im Amazonasgebiet verbracht hat, nach Hause und berichtet, dass sie am letzten Urlaubstag von einem Insekt oder Spinne gestochen wurde. Zum Beweis deutet sie auf ihre Wange, die schon einigermaßen angeschwollen ist. Im Lauf der nächsten Tage wird die Schwellung immer größer und schließlich will sie einen Arzt aufsuchen. Sie zieht sich also an und will sich noch einmal die Haare kämmen. Dabei rutscht sie mit dem Kamm aus und streift über die Schwellung an der Wange und reißt die gespannte Haut auf. Heraus kommen lauter kleiner Spinnen.

Selina und der blutige Daumen

Diese Legende soll angeblich in Ohio/USA passiert sein. Es war Samstagnacht und Selina war allein zu Hause. Da klingelte plötzlich das Telefon. Sie nahm ab: „Hallo?" Eine Stimme am anderen Ende sagte: „Hier ist der Mann mit dem blutigen Daumen. Ich bin noch 10 Meter von deinem Haus entfernt!" Erschrocken legte Selina auf. Sie ging ins Wohnzimmer. Ein paar Minuten später klingelte wieder das Telefon. Sie nahm ab. Wieder hörte sie eine Stimme, die sagte: „Ich bin der Mann mit dem blutigen Daumen. Ich bin noch 5 Minuten von deinem Haus entfernt!" Selina legte auf. Sie versuchte, sich mit Fernsehen gucken abzulenken. Da klingelte schon wieder das Telefon. Sie nahm ab: „Hallo?" Die Stimme von vorhin sagte: „Hier ist der Mann mit dem blutigen Daumen. Gleich bin ich an deiner Haustür!" Selinas Herz rutschte ihr in die Hose. Da klingelte es plötzlich an der Haustür. Selina machte auf. Da stand er. Ein großer Mann mit dunklen Haaren. Er sagte: „Ich bin der Mann mit dem blutigen Daumen!" Selina bekam Panik und wollte lauthals schreien, als der Mann plötzlich sagte: „Hast du ein Pflaster?"

Durch Kräuter im Vorteil

Hier eine Geschichte, die sich verstärkt in Aldenhoven/Eschweiler (bei Aachen) erzählt wird: Florian und drei weitere Freunde fahren, ordentlich mit Marihuana zugedröhnt, mitten in der Nacht über die Landstraße. Irgendwann kommen sie an einem Kreisverkehr und halten es für eine verdammt lustige Idee, ohne Licht rückwärts im Kreisverkehr mehrere Runden zu drehen. Sehr langsam zwar aber immer noch rückwärts. Es kam, wie es natürlich kommen musste: Irgendwann sahen sie die Scheinwerfer eines Wagens, der sich dem Kreisverkehr näherte. Der Fahrer geht voll auf die Bremse und die vier Männer schaffen es gerade noch, vom Gas zu gehen. Florians Wagen war dank Anhängerkupplung fast unbeschadet. Was man von der verbeulten Vorderseite des BMWs des anderen Fahrers allerdings nicht behaupten konnte. Der andere Autofahrer ist stinkwütend und ruft natürlich sofort die Polizei. Als unsere "Freunde und Helfer" letztendlich den Schauplatz betreten, wird zuerst einmal eine Befragung durchgeführt. Autofahrer: „Das ist jawohl das allerletzte! Ich bin ganz normal in den Kreisverkehr gefahren, als dieses Auto rückwärts und ohne Licht auf mich zugerast kam! Die müssen sie auf der Stelle einsperren! Schauen sie sich diesen Schaden an meinem BMW an! Eine Unverschämtheit! Wer fährt denn schon rückwärts im Kreisverkehr!" Die Polizisten schauen zuerst ihn und dann

Florian an, der daraufhin nur mit den Achseln zuckt. Daraufhin fragt der Polizist: „Rückwärts durch den Kreisverkehr? Ohne Licht? In ihr Auto rein? Könnten sie mich bitte einmal anhauchen?" Der andere Autofahrer hatte tatsächlich einiges an Alkohol getrunken. Und anhand der Bremsspuren ging man von einem normalen Auffahrunfall aus. Florian und seine Leute konnten ungeschoren nach Hause fahren. Diese Geschichte soll sich außerdem auch angeblich in Potsdam und in Bochum zugetragen haben.

Fallender Engel

Eine Frau, deren Ehemann ihr erzählte, dass er sie für eine andere Frau verlassen werde, war so traurig, dass sie sich entschied, sich selbst umzubringen, indem sie aus dem Fenster springen wollte. Nachdem er aus der Wohnung ging, nahm sie einen letzten Schluck Whiskey und nahm dann anschließend Anlauf in Richtung Fenster. Ihr Ehemann verließ gerade das Gebäude, als sie hinunter fiel. Sie landete auf ihm. Die Folge war der sofortige Tod des Ehemannes. Aber dadurch, dass er ihren Fall stoppte, zog sie sich lediglich ein paar Quetschungen und Prellungen zu. Sie erhielt die Wohnung und das Geld aus seiner Lebensversicherung.

Das Goldbein

Eine geizige, reiche und sehr alte Frau lässt sich kurz vor ihrem Tod ein Goldbein anfertigen, weil sie nur noch ein Bein hat. Dies hat sie nur gemacht, damit sie ihrer armen Familie ja kein Geld hinterlassen muss. Als die alte Frau dann stirbt, gräbt der Sohn den Leichnam aus und stiehlt ihr das Bein. Er kann danach nachts nicht mehr schlafen, weil immer um 0:01 Uhr die Stimme von seiner toten Mutter ertönt und sie ganz laut sagt, er soll das Bein zurückbringen. Nach einem Monat war der Sohn am Ende und hat nachts das Bein wieder eingegraben. Seit dem hört er die Stimme nicht mehr.

Geburt im Grab

Eine hochschwangere Frau in Neuhaus bei Solling wird von einem Auto angefahren und stirbt an Gehirnblutungen. Sie wird von einem Bestattungsunternehmen eingesargt und dort noch einige Zeit bis zur Beerdigung aufbewahrt. In dieser Zeit meint ein Angestellter des Bestatters, Geräusche aus dem Sarg zu hören. Er meldet das dem Besitzer des Unternehmens, der, vielleicht des Profites wegen, den Angestellten beruhigt und ihm verbietet, darüber zu reden, da das dem Geschäft schade. Nach der Beerdigung kann der Angestellte den psychischen Druck nicht mehr ertragen und erzählt seine Beobachtungen dem Witwer. Der lässt sofort den Sarg öffnen. Man findet die Frau mit schmerzverzerrtem Gesicht und blutigen Händen. Neben ihr lag ein neugeborenes Kind.

Gefälligkeit

Version I: Eine Frau nahm eine unbekannte Frau aus Gefälligkeit mit. Die Anhalterin hatte eine Tasche bei sich, die sie zwischen ihre Füße stellte. Während der Fahrt bemerkte die Fahrerin, dass ihre

Begleiterin mächtige und haarige Hände hatte und daran verkrustetes Blut haftete. Die Fahrerin hielt an und behauptete, dass der Wagen nicht mehr anspringen würde. Sie bat die Begleiterin den Wagen anzuschieben. Nachdem die Begleiterin hinter dem Wagen stand, startete die Fahrerin wieder den Wagen und floh vor der bedrohlichen Frau. Als die Frau bei der Polizei Meldung machte, überprüfte ein Beamter die Tasche der Begleiterin. In der Tasche befanden sich ein Strick, ein Beil und der Kopf einer unbekannten Frau. Die Fahrerin erlitt einen schrecklichen Schock.

<u>Version II:</u> Eines Nachmittags kam eine junge Frau aus einem Einkaufszentrum. Sie war guter Laune, da sie viele tolle Dinge ergattern konnte. Sie stellte ihre Einkäufe in den Kofferraum ihres Wagens und bemerkte, als sie ihn gerade geschlossen hatte, dass eine alte Frau an der Beifahrerseite des Autos stand. Die alte Frau sagte: „Wärst du ein Schatz und würdest mich mitnehmen? Ich habe kein Auto und bin den ganzen Tag gelaufen." Die Frau antwortete: „Klar doch, steigen sie ein!" und öffnete der alten Frau die Beifahrertür. Als sie um den Wagen herum ging und sich schließlich hinter das Lenkrad setzte, beschlich sie ein ungutes Gefühl. Sie nahm ihre Brieftasche und sagte. „Verdammt! Meine Kreditkarte ist weg! Warten sie einen Moment, ich gehe nochmal rein um zu sehen, ob sie jemand gefunden hat." Die alte Frau nickte ihr zu: „Natürlich, ich werde hier auf dich warten." Die Frau fragte einen der Sicherheitsleute, ob er ihr helfen könnte, da sie ihre Kreditkarte verloren habe. Nachdem die beiden die Karte an einem der Informationspunkte zurückbekommen hatten, begleitete sie der Mann vom Sicherheitsdienst noch zurück zu ihrem Auto. Die

Beifahrertür stand weit offen und auf dem Beifahrersitz stand die Einkaufstüte, die die alte Frau bei sich hatte. In der Tüte befanden sich das Kleid der alten Frau, eine grauhaarige Perücke, ein großes Fleischmesser, eine Videokamera und eine Rolle Klebeband.

Innerlich verkocht

"Die Braut die innerlich verkochte" ist sicherlich eine der bekanntesten Urbanen Legenden. Eine junge Braut wollte für ihre Hochzeit "top" aussehen und erwog daher, ihre relativ blasse Haut etwas aufzubessern. Hierzu ging die Frau in ein Sonnenstudio und legte sich entgegen jeder Vernunft für mehrere Stunden unter die Sonnenbank. Nachdem die Braut eine weitere Stunde erwerben wollte, handelte die Angestellte und verwies darauf, dass die Frau bei einer weiteren Sitzung unter der Bräunungsbank Schaden nehmen könnte. Davon enttäuscht, wechselte die junge Frau das Sonnenstudio und wiederholte das Ganze. Doch nach einigen weiteren Stunden des künstlichen Sonnenscheins bemerkte sie, dass von ihr ein seltsamer Geruch ausging und dieser stetig schlimmer wurde, selbst mehrmaliges Waschen und Duschen half nichts. Da sich die zukünftige Braut langsam sorgte, suchte sie einen Arzt auf, welcher sie untersuchte und schnell die Ursache ausmachen konnte. So sehr der Arzt auch an sich selbst und seiner Diagnose zweifelte, so musste er doch nach der Konsultierung eines Kollegen feststellen, dass die Frau innerlich verkocht war und sie bald den Tod ins Auge sehen müsse.

Die Wand

Vor einiger Zeit soll sich folgende Geschichte zugetragen haben: Ein junger Autor hatte sich in einem alten New Yorker Mehrfamilienhaus eine Wohnung gekauft. Er zog recht schnell ein, saß Abend für Abend an seinem Laptop und schrieb seine Geschichten. Eines Abends hörte er ein seltsames, klagendes Jammern in der Wand, doch anstatt nachzusehen, dachte er sich, dass es Mäuse sein könnten. Also kümmerte er sich nicht weiter darum und widmete sich weiter seinem Buch. In den darauf folgenden Nächten aber hörte er dieses Jammern immer wieder, mal lauter, mal leiser. Und gerade dann, wenn es lauter wurde, klang es gar nicht nach Mäusen. Irgendwann, genervt und unkonzentriert, widmete er sich doch der Wand und lauschte, sah sie sich genau an und entdeckte nach kurzer Zeit eine durchsichtige Flüssigkeit. Aus reiner Neugier - auch wenn er dachte, es sei womöglich Kondenswasser - tippte er mit dem Finger hinein und leckte diesen dann ab. Er erschrak, denn die Flüssigkeit schmeckte salzig und nicht, so wie er dachte, nach Nichts. Das Ganze kam dem jungen Autor so suspekt vor, dass er etwas von dem Wasser aufsammelte und in ein kleines, gläsernes Behältnis gab. Ein guter Freund, welcher ihm des Öfteren schon bei Recherchen für seine Geschichten Hilfe und Material bot, sollte die seltsame Flüssigkeit untersuchen und ihn anrufen, sobald er mehr wisse. Wenige Tage später kam dann auch der Anruf, welcher aber dem Autor statt Ruhe, nur noch mehr Unbehagen bereitete: Die Flüssigkeit um die es sich handelte, war laut Analyse Tränenflüssigkeit. Doch dies war nicht genug. Schon bald bekam er seltsame Albträume, tote Kinder erschienen ihm und seltsame

Bilder machten sich in seinen Gedanken breit. Seine Kreativität litt schließlich auch darunter. Er konnte keinen einzigen Satz seines Buches weiter vervollständigen, ohne, dass er immer wieder zwischendurch Pause machen musste, um seine Gedanken zu sammeln. Eines Tages, dem Wahnsinn schon nahe, nahm er sich einen Vorschlaghammer und schlug damit immer wieder auf diese eine Wand ein, welche seither nie aufhörte zu tropfen. Als er sie durchbrach, kam ihm ein übler Geruch entgegen. Erschrocken musste er zurück weichen, denn sein Fund erschien ihm grausam und verstörend. In der Wand fand er zwei mumifizierte Kinderleichen, welche wohl schon seit einiger Zeit dort eingemauert waren. Sofort verständigte er die Polizei, die alles gründlich untersuchte und nach einiger Zeit gab es die ersten Erkenntnisse. Die Kinderleichen waren nach Schätzungen bereits um die 112 Jahre in dieser Wand gefangen. So vermutete der Autor, dass sie ihn also um Hilfe baten, um aus ihrem kalten Gefängnis befreit zu werden. Denn nachdem er sie gefunden hatte, geschah nie wieder etwas Seltsames in seiner Wohnung. Und doch: „Das Jammern, die Tränen und die Kinder werde ich niemals in meinem Leben vergessen."

Prüfungsfragen

In einem Gymnasium steht das schriftliche Abitur an. Im Fach Ethik steht auf dem Aufgabenblatt nur eine Frage: "Was ist Mut?" Ein Schüler schreibt auf seinem Blatt nur: "Das ist Mut!" und gibt es ab. Dafür bekommt er die volle Punktzahl.

Polizeiwagen gestohlen

Ein Mann fährt angetrunken von der Kneipe nach Hause. Er kommt an einem Unfall vorbei. Die Polizei ist schon vor Ort. Trotzdem steigt er aus um seine Hilfe anzubieten. Die Polizisten, die nicht merken dass der Mann betrunken ist, schicken ihn nach Hause. Eine halbe Stunde später klingelt es an der Haustür des Mannes. Seine Frau öffnet zwei Polizisten. Ob ihr Mann zu Hause sei, wollen sie wissen. Ja, antwortet die Frau, er läge seit ein paar Minuten im Bett und schlafe. Ob die Frau so nett wäre und ihnen das Auto des Mannes zeigen würde. Sie tut ihnen den Gefallen und öffnet das Garagentor. Drinnen steht der Polizeiwagen.

Das Opfer

Diese Geschichte soll in Chicago passiert sein. Dort war es Gang und Gebe in einer Gang durch die Straßen zu streifen. Um in einer bestimmten Gang aufgenommen zu werden, musste man eine Mutprobe bestehen. Man hat dem jungen Anwärter ein Opfer ausgesucht, welches er erst vergewaltigen und dann erschießen sollte. Dem Opfer wird dabei eine Skimaske über das Gesicht gezogen. Eines Tages bewarb sich wieder mal ein Neuer. Dieser musste natürlich erst die Mutprobe machen. Als er sie bestand, wurde dem Opfer die Skimaske abgezogen und der Anwärter sah, dass es seine eigene Mutter gewesen ist, die er erst vergewaltigte und dann erschossen hatte.

LSD auf Stickerbildchen

Wurde in den 90ern sogar mal in den österreichischen Radionachrichten gesendet: Ein Mann verteilt mit LSD behandelte Sticker an Kinder - wenn sie die Sticker auf die Haut kleben, werden sie süchtig.

Fröhliche Weihnachten

Ein US-Soldat wurde während der "Operation Wüstenschild" im Oktober 1990 mit seiner in Mainz stationierten Einheit nach Saudi-Arabien verlegt. Seine Familie - Frau und zwei Kinder - blieben in Mainz zurück. Natürlich schmerzte es den Soldaten, dass er Weihnachten in der Wüste verbringen musste und nicht zusammen mit seiner Familie feiern konnte. Umso mehr freute er sich, als zu Beginn des neuen Jahres ein Päckchen von seiner Familie in Saudi-Arabien eintraf, dass ein Videoband mit der Aufschrift "Christmas 1990" enthielt. Voller Stolz auf seine Familie, die ihn in diesen schweren Tagen unterstützte, führte er das Videoband im Gemeinschaftszelt seiner Einheit den Kameraden vor, ohne es vorher selbst gesehen zu haben. Das Band zeigte zunächst auch seine Frau und die Kinder beim Singen von Weihnachtsliedern unter dem festlich geschmückten Baum. Geschenke wurden ausgepackt, und die Kinder grüßten ihren Daddy. Nach diesen Weihnachtsaufnahmen kamen jedoch andere Bilder, die seine Frau beim Liebesspiel mit einem fremden Mann zeigten. Am Ende dieser Aufnahmen erklärte dann die Frau, dass sie sich von ihm scheiden lassen wolle. Die ganze Einheit wurde auf diese Weise Zeuge der Untreue seiner Frau.

Schwanger?

Eine Frau bekam plötzlich Magenschmerzen. Sie dachte, dass sie schwanger sei und fuhr zum Arzt. Der Arzt untersuchte die Frau und rief sofort die Polizei. Als die Polizei kam, erklärte der Arzt, dass sich Maden in der Gebärmutter der Frau eingenistet haben und dass sowas nur durch Geschlechtsverkehr mit Tieren oder Toten entstehen könne. Die Frau wurde verhört und es stellte sich heraus, dass der Ehemann der Frau Leichenbestatter ist. Der Ehemann hatte anscheinend Geschlechtsverkehr mit den Leichen und dann mit seiner Frau gehabt.

Tod im Aufzug

Eine junge Frau hatte vor einigen Jahren an der belgischen Küste einen netten Urlaub verbracht. Da sie Geld sparen wollte, buchte sie ein Sonderangebot, bei welchem sie bis zum letzten Tag blieb, bevor das Hotel über die Wintermonate schließt. Am letzten Urlaubstag packte die junge Frau ihre Koffer und begab sich zur Busstation, von der aus sie nach Hause reisen wollte - doch plötzlich merkte sie, dass sie eine Tasche vor ihrem Zimmer vergessen hatte. Die junge Frau ging also ins Hotel zurück, holte ihre Tasche und stieg in den Aufzug. Doch dieser stoppte plötzlich, da der Hausmeister in diesem Moment den Strom wegen der Winterpause abgestellt hatte. Da weder der Alarm funktionierte und sie auch ihr Handy nicht dabei hatte, konnte die Frau nicht auf ihre Lage aufmerksam machen. Aufgefunden worden war die Frau, besser gesagt deren sterblichen Überreste, erst bei dem Beginn der neuen Saison.

Vom Teufel geschwängert

Im Mittelalter sollte eine Frau verbrannt werden, weil sie beschuldigt wurde, vom Teufel geschwängert worden zu sein. Am Abend vor der Verbrennung band man sie an einen großen, dicken Holzpfahl und legte ihr Stroh und Heu unter die Füße. So sollte sie die ganze Nacht verharren und bei Morgengrauen würde sie verbrannt werden. Die Menschen gingen zu Bett. Am nächsten Morgen weckte ein Schrei alles im Dorf auf. Die Frau war weg. Alle rannten zum Holzpfahl. Vor dem Stroh sah man einen Kinderfuß, einen Frauenfuß und einen Bocksfuß im Sand.

Rote Augen

<u>Version I</u>: Ein Mann ging in ein Hotel und lief geradewegs zur Rezeption, um einzuchecken. Die Frau an der Rezeption gab ihm den Schlüssel und sagte ihm, dass auf dem Weg zu seinem Zimmer eine Tür ohne Ziffer sei und es niemandem erlaubt ist, dorthin zu gehen. Sie erklärte, dass es ein Abstellraum ist. Sie mahnte ihn ein paar Mal, bevor sie ihn gehen ließ. Also folgte er ihren Anweisungen und ging geradewegs auf sein Zimmer, direkt ins Bett. Das Beharren des Verbots der Frau an der Rezeption hatte allerdings seine Neugierde geweckt, daher ging er die nächste Nacht auf den Gang zur Tür und versuchte, sie zu öffnen. Selbstverständlich war sie verschlossen. Er kniete sich hin und schaute direkt durch das Schlüsselloch. Kalte Luft kam hindurch, die seine Augen zum Frieren brachten. Was er sah, war ein Hotelschlafzimmer wie seines und in der Ecke war eine Frau, deren Haut kreidebleich

war. Sie lehnte ihren Kopf gegen die Wand, mit dem Rücken zur Tür. Eine Weile lang starrte er verwirrt durch das Loch. Fast hätte er an die Türe geklopft, nur der Neugierde wegen, aber er hatte es dann doch nicht getan. Als er weiterhin durch das Loch starrte, drehte sich die Frau scharf um und er sprang von der Türe weg und hoffte, dass sie nicht glaubte, er würde sie beobachten. Voller Schreck ging er von der Tür weg und zurück in sein Zimmer. Am nächsten Tag ging er wieder zur Tür und blickte erneut durch das Schlüsselloch. Dieses Mal jedoch war alles rot. Er konnte nichts anderes erkennen als ein klares, unbewegliches Rot. Wahrscheinlich wusste die Frau in dem Zimmer nun, dass er sie letzte Nacht beobachtet hatte und hatte deshalb das Schlüsselloch mit etwas rotem bedeckt. Er fühlte sich unwohl, dass er die Frau beobachtet hatte und er hoffte, sie hätte sich nicht bei der Frau an der Rezeption über ihn beschwert. An diesem Punkt wollte er noch mehr Informationen von ihr. Nachdem er sie nett darum gebeten hatte und auch versprochen hatte, dass er es nur für sich behalten werde, sagte sie schließlich: „Nun, dann erzähle ich Ihnen die Geschichte, die in diesem Zimmer stattfand. Vor einer langen Zeit brachte ein Mann seine Frau in diesem Zimmer um. Selbst heute haben wir das Gefühl, dass sich unsere Besucher dort nicht wohlfühlen. Aber die beiden Leute in diesem Zimmer waren nicht normal. Sie waren komplett weiß, außer ihren Augen, die rot waren."

<u>Version II:</u> Eine Legende besagt, dass ein Mann eines Nachts allein auf dem Weg nach Hause ein Mädchen, ganz in weiß gekleidet, am Straßenrand entdeckt. Er hält an und bietet ihr an, sie ein Stück mitzunehmen. Sie willigt ein, spricht aber auf der

Fahrt kein Wort mit ihm. Als sie einen Wald durchqueren, bittet das Mädchen den Mann, sie rauszulassen. Er, sehr verwundert, lässt sie aussteigen, folgt ihr jedoch. Er sieht sie in ein Haus, mitten im Wald, verschwinden. Neugierig schleicht er sich heran und sucht nach einem Loch in der Wand und schaut hinein. Doch das einzige was er sieht, ist leuchtendes Rot. Er geht zu einer anderen Seite des Hauses, sucht wieder ein Loch in der Wand und schaut hindurch. Wieder das gleiche. Das einzige, was er sieht, ist Rot. Verwirrt geht er zurück zu seinem Wagen und verlässt den Wald. In der nächsten Stadt macht er Rast, sucht sich ein Hotelzimmer und setzt sich noch in eine Bar, um etwas zu trinken. Er unterhält sich mit ein paar Einheimischen und wagt es nach einiger Zeit, nach dem Mädchen zu fragen. Ein Einwohner meinte daraufhin: „Ach, das Mädchen mit den roten Augen. Sie wurde schon oft gesehen und immer verschwand sie in diesem Haus." Der Bewohner hielt kurz inne. „Sie verschwand genauso spurlos wie die Leute, die sie sahen."

Wohnmobil

Ein junges Pärchen, das die Sommerferien in einem Wohnmobil verbrachte, traf ganz zu Anfang ihrer Reise auf der Straße am Waldrand einen seltsamen alten Mann. Er schien etwas verwirrt und die zwei hielten an, um ihm zu helfen. Der alte Mann warnte die beiden eindringlich, den Wald noch vor Einbruch der Dunkelheit zu verlassen und wenn sie doch im Wald campieren wollen, so sollen sie das Wohnmobil auf keinen Fall verlassen, egal was sie draußen hören. Vor allem das Mädchen bekam

Angst und wollte so schnell wie möglich weg. Der Mann sagte, wenn sie gleich weiterfahren würden, schaffen sie es noch aus dem Wald raus. Als die beiden wegfuhren, sahen sie, wie der Alte im Wald verschwand. Keine halbe Stunde nach der unheimlichen Begegnung mit dem Alten ging den beiden der Sprit aus. Als sie den Reservekanister hervorholen wollten, war er nicht an seinem Platz. Sie wurde leicht hysterisch, die Sonne würde bald untergehen und zu Fuß würden sie es nicht mehr aus dem Wald schaffen. Also entschlossen sie sich, zu bleiben und sich im Wohnmobil zu verschanzen. Der alte Mann sagte ja, drinnen würde ihnen nichts passieren! Die Dunkelheit kam und das junge Pärchen versteckte sich in ihrem Wohnmobil. Alles blieb ruhig und als sie schon dachten, der Mann hatte sie veräppelt, klopfte es an die Tür und eine weibliche Stimme flehte um Einlass. Er wollte die Tür schon öffnen, doch sie hielt ihn davon ab. Nach mehreren Stunden mit unheimlichen Stimmen und Angriffen auf das Wohnmobil hatte der Junge genug. Als die Meute, so hörte es sich an, ein Fenster einschlug, verließ er mit seinem Baseballschläger das Wohnmobil. Sie schloss sich wieder ein und kroch mit einer Decke in die Ecke. Das Geschrei draußen wurde lauter und dann war plötzlich alles still, außer einem sanften schaben auf der Decke des Wohnmobils. Als endlich die Sonne aufging stieg die junge Frau aus ihrem Versteck in der Ecke und verließ das Wohnmobil um zu sehen, wo ihr Freund geblieben war. Langsam und vorsichtig drehte sie sich um und begann zu schreien. Am Baum hing die Leiche ihres Freundes, seine Eingeweide hingen heraus und seine Füße schabten über das Wohnmobildach.

Das Drogen-Auto

Die 45jährige Amy wurde in San Antonio, Texas, wegen Rauschgiftbesitzes verhaftet. Sie hatte 18 Kilo Marihuana im Motorraum ihres Autos versteckt, als sie dieses zum Ölwechsel in eine Werkstatt brachte. Der Mechaniker fand das Rauschgift und verständigte die Polizei. Die Frau sagte später aus, dass ihr sei nicht klar gewesen ist, dass zum Ölwechsel die Motorhaube geöffnet werden müsse.

Yeti

In Montana/USA wollte sich der 44jährige Randy einen Spaß erlauben und schlüpfte kurzerhand in ein Yeti-Kostüm, ging in den Wald und hatte eigentlich nur im Sinn, Meldungen von Bigfoot-Sichtungen auslösen. Doch das Vorhaben des Mannes war zum Scheitern verurteilt. Als er einen Hang hinaufklettern wollte, verlor er das Gleichgewicht und stürzte auf die nahegelegene Straße, wo sich gerade ein Auto näherte. Es überfuhr ihn, doch der Fahrer bemerkte dies aber nicht und fuhr einfach weiter. Ein paar Minuten später kam ein weiteres Auto, das überfuhr ihn ein zweites Mal und bemerkte ihn ebenso wenig wie das erste. Er ist an den Folgen der Verletzungen gestorben, noch am Unfallort.

Der Abhacker

"Der Abhacker" ist eine wirklich typische Urban Legende. Vor allem in den USA wird sie oft weiter erzählt und ist daher entsprechend weit verbreitet. Es heißt, der Abhacker kommt nachts und schaut, welche Körperteile nicht bedeckt sind. Und alle Körperteile, die unter dem Hals liegen, darf er abhacken und alles was oberhalb liegt, also Hals und Kopf, darf er nicht berühren. Das heißt, liegt ein Bein außerhalb der Decke, darf er es nach seinen Rechten abhacken. Laut der Geschichte vom bösen Abhacker, soll ein Wahnsinniger nachts in die Schlafzimmer von ganz gewöhnlichen Leuten eindringen und ihnen die Körperteile abhacken, welche unter der Bettdecke hervorlugen. Die einzigen Teile, welche er den Schlafenden nicht abtrennen darf, sind jene, die oberhalb der Schultern liegen - also Hals und Kopf.

Die abgetrennte Hand

Version I: Nebel wabert über eine einsame Landstraße in einer kalten Novembernacht. Ein Versicherungsvertreter ist mit seinem Auto auf dem Nachhauseweg, als er am Straßenrand einen verzweifelt wirkenden Anhalter sieht. Er stoppt und der Fremde kommt auf den Wagen zu. Gerade will er die Beifahrertür öffnen, da bemerkt der Vertreter, dass der Anhalter an seiner Hand einen Schlagring trägt. Geschockt gibt er Gas und flieht, hört aber noch einen lauten Knall. Schnell fährt er in den nächsten Ort, um die Polizei zu verständigen. Als er bei der Wache angekommen ist und die Polizisten Blut aus dem Kofferraum laufen sehen und auf dem Rücksitz die abgetrennte Hand des Anhalters mit dem Schlagring sehen, greift die Hand den Mann an und tötet ihn grausam mit dem Schlagring.

Version II: Ein Autofahrer nimmt zwei Rocker als

Anhalter mit. Unterwegs werden ihm seine Fahrgäste jedoch unheimlich, weshalb er sie bei einem Halt auffordert, auszusteigen. Die beiden schimpfen zwar, kommen aber seiner Aufforderung nach. Als der Fahrer wieder anfährt, hört er an seinem Kofferraum einen dumpfen Schlag. Zu Hause angekommen, bemerkt er ein Loch im Kofferraumdeckel. Er öffnet ihn und findet im Kofferraum die Hand des einen Anhalters, die noch einen Schlagring umklammert hält.

Die Fingerkuppe

Ein Mann hört während der Fahrt ein Klopfen auf seinem Autodach. Zu Hause bemerkt er eine Delle im Blech, darin liegt eine abgetrennte Fingerkuppe. Über seinen grausigen Fund wird in der Zeitung berichtet. Daraufhin meldet sich ein Mann, der sich beim Holzhacken ein Stück seines Fingers abgetrennt hat. Er berichtet, dass Vögel das Fingerglied aufgepickt hätten und damit weggeflogen seien.

Die schwarze Rose

Version I: Ein Mädchen hat eine todkranke Tante und kauft dieser einen Blumenstrauß - schwarze Rosen. Kurze Zeit später stirbt die Tante. Als ein paar Jahre später ihre Mutter auch erkrankt, kauft das Mädchen auch ihr einen solchen Blumenstrauß. Und auch die Mutter stirbt. Das Mädchen fragt sich nun, ob das vielleicht mit den Blumen zusammenhängt und kauft sich selbst einen Strauß, stellt diesen auf ihren Nachttisch und legt zur Sicherheit ein Messer daneben. In der Nacht kommt dann eine

Hand aus dem Strauß und versucht das Mädchen zu würgen. Das Mädchen greift zum Messer und schlägt die Hand ab. Als das Mädchen am nächsten Tag in das Blumengeschäft geht, hat die Verkäuferin keine Hand mehr.

Version II: In einer ganz normalen Stadt, in einem ganz normalen Haus wohnt eine ganz normale Familie. Die Mutter geht jeden Morgen in einen Blumenladen, um rote Rosen zu kaufen. Aber heute ist alles anders. Im Laden steht nicht wie gewohnt die nette Frau Friedrich, sondern ein seltsamer Mann, den sie noch nie gesehen hat. „Mann hin oder her, Rosen wird er mir doch verkaufen können!" denkt sie sich. Doch der Mann hat keine roten Rosen mehr. „Aber die schwarzen Rosen seien genauso dekorativ wie die roten" sagt er. Obwohl die Frau nichts besonders Schönes an den Rosen findet, kauft sie vier Stück und geht mit einem mulmigen Gefühl nach Hause. Am Abend stellt sie ihrer jüngsten Tochter die Rosen auf dem Nachttisch. Am nächsten Morgen findet der Vater seine kleine Tochter tot im Bett; eine der Rosen ist auch verwelkt. Der große Bruder trauert sehr um die verstorbene Schwester und stellt sich am nächsten Abend die Rosen ans Bett. Am nächsten Morgen findet die Mutter auch ihn tot im Bett vor. Auch hier ist eine Rose verwelkt. An diesem Abend sind es nur noch zwei Rosen, die den Tisch der Eltern schmücken. Am nächsten Morgen ist eine Rose verwelkt und der Mann tot. Die Frau ist am Boden zerstört, hat sie doch in drei Nächten alles verloren was ihr wichtig war. Aus Trauer schläft sie mit der einen verbleibenden Rose ein. Aber weil es ihr doch unheimlich war - mit einem Messer unterm Kopfkissen. Mitten in der Nacht kommt ein schwarzer Arm und greift nach ihrem Hals, um sie zu erwürgen. Die Mutter greift in ihrer Panik zum Messer und schlägt die Hand ab. Am nächsten Morgen ist die Rose verschwunden. Sie geht in den Blumenladen und sieht den merkwürdigen Blumenhändler hämisch grinsen und nur mit einer Hand hinter der Theke stehen.

Allein gelassen

Eine junge Frau war frisch verliebt. Ihr Partner war aus einem anderen Holz geschnitzt und deswegen oftmals auch etwas aufbrausend. Jedoch liebte sie ihn über alles. So kam es jedoch, dass sie Schwanger wurde. Sie wusste, dass ihr Partner das nicht billigen würde und aus Angst ihn zu verlieren, legte sie ihr Kind an einem Bahnhof in eine Ecke ab. Nach einiger Zeit, in der sich ihr Leben nun schon sehr geändert hatte - sie war eine erfolgreiche Frau - kam sie aus geschäftlichen Gründen wieder an diesem Bahnhof vorbei. In einer Ecke saß ein kleiner Junge, der mit einem Stock im Dreck stocherte. Die Frau sah sich um und ging nach einiger Zeit, in der die Menschen an dem Jungen vorbeiliefen, zu ihm. Sie verfluchte die Ignoranz, denn keiner schien den Jungen zu sehen. Sie hockte sich zu ihm: „Wie heißt du denn?" Er gab keine Antwort. „Wo ist dein Papa?" Der Junge sah auf und zuckte mit seinen Schultern. „Und wo ist deine Mama?" Einen Moment geschah gar nichts, ehe er antwortete: „Direkt vor mir."

Anfängerpech

Ein Fahranfänger hatte an dem Tag erst seinen Führerschein gemacht und durfte nun das erste Mal mit ein paar Freunden zusammen das Auto seines Vaters benutzen. Schon nach den ersten paar Kilometern kommen sie in eine Verkehrskontrolle. War ja egal, er hatte sich ja vorschriftsmäßig verhalten und die zwei Korn, die er vorher getrunken hatte, konnte man ja nicht riechen. Der Polizist klopfte also an sein Fenster und fragte nach den Papieren. Das war eine reine Routinekontrolle. Er gibt dem Polizisten also KFZ- und Führerschein. Scheint auch alles in Ordnung zu sein. Auf einmal fällt dem Polizisten auf, dass der Führerschein noch nicht unterschrieben ist. Also reicht er ihn wieder ins Auto und weil der Fahrer keinen Stift zu haben scheint, auch noch einen Kugelschreiber. Der junge Mann denkt, der Polizist hätte was gemerkt, nimmt den Kugelschreiber und versucht, da hineinzublasen. Da war er den Führerschein nach nicht mal zehn Stunden schon wieder los.

Auf dem Nachhauseweg

Eine junge Kellnerin ist mit ihrer Schicht in einer kleinen Kneipe in Rohrbach fertig und begibt sich mit ihrem Auto auf den Heimweg nach Neunkirchen-Menschenhaus. Auf der Landstraße, die auch durch ein bewaldetes Tal führt, bemerkt sie am Straßenrand eine ungewöhnliche Erscheinung. Sie hält an, da sie vermutet, dass dort im Straßengraben eine verletze Person liegt, findet aber nur ein paar dunkle Müllsäcke. Es ist dunkel und regnerisch, und die junge Frau hört aus dem Wald Geräusche, das Rascheln von Laub, knackende Äste, die sie sehr beunruhigen. Sie fühlt sich in irgendeiner Form beobachtet und hastet zurück zu ihrem Auto. Als sie hinter sich Schritte auf dem Asphalt hört, schlägt sie nur noch schnell die Fahrertür zu und fährt so schnell wie möglich nach Hause. Als sie endlich zu Hause angekommen ist, stellt sie ihr Auto in der Garage ab und steigt aus. Dabei bemerkt sie an der Tür ihres Autos Blutspuren. Bei näherer Betrachtung sieht sie auf dem Boden der Garage einen abgetrennten Finger, der in der Tür eingeklemmt war und nun auf den Boden gefallen ist. Ein Mörder legte die Müllsäcke auf den Straßengraben, um vorbeifahrende Menschen aus dem Fahrzeug zu locken. Der Mörder wollte die Frau dann umbringen, aber da in diesem Fall die Frau ziemlich schnell wieder in ihr Auto sprang und losfuhr, klemmte er sich den Finger ein.

Bloody Mary

Es war einmal ein Mädchen namens Mary. Sie lebte mit ihren Eltern in Amerika. Sie war nicht gerade unbeliebt, doch sie wurde sehr schnell wütend. Als ihre Mutter eines Tages nicht erlaubte, auf eine Party zu gehen, brachte sie erst ihre Mutter um und dann sich selbst. Ihr Vater war noch auf der Arbeit. Als der Vater wieder kam, sah er die Leichen und neben den Leichen lag ein Brief: „Lieber Daddy, was ich getan habe war nicht richtig. Es tut mir Leid, doch ich bin auch sauer auf dich. Aber du warst nicht da und darum werde ich an meiner und Mamis Beerdigung da sein, egal wo du bist und meine Rache wird da sein! Deine Tochter Mary." Der Vater bekam Angst und zog noch vor der Beerdigung um. Doch kurz vor der Beerdigung wollte der Vater sich einen Stofffetzen von der Jacke abschneiden. Als der Vater in den Spiegel sah, war da seine Tochter, die ihn mit blutüberströmten Körper ansah und seine Hand mit der Schere auf seinen Hals lenkte und dann den Hals abschneiden ließ.

Das Fass

<u>Version I:</u> Ein Paar hatte gerade ein kleines Schloss gekauft. Aufgeregt durchsuchten sie das ganze Schloss auf alle Ecken und Ritzen. In einem großen unterirdischen Raum fanden sie viele leere Fässer, die vor Jahren geklopft worden waren, aber eins schien noch voll zu sein. Sie klopften daran, um zu hören, ob es köstlichen Weinbrand enthalten würde. Sie tranken und servierten es an Feiern. Aufgrund des Aromas dachten sie, dass der Weinbrand ca. 100 Jahre alt gewesen sein müsste. Monate später, als das Fass trockenes laufen ließ, bemerkten sie, dass es noch zu schwer war, leer zu sein. Deshalb öffneten sie es und fanden eine Leiche, die im Fass lag.

<u>Version II:</u> In einer anderen Version tranken Arbeiter, die auf dem Dach eines Hauses gearbeitet haben, den Rum aus einem Fass aus dem Keller. Die Leiche, die zum Schluss gefunden wurde, war der Ehemann der Hausbesitzerin. Der Ehemann verstarb während einer Reise in Jamaika und anstatt zu zahlen, um den toten Gatten einzufliegen, setzte seine Frau ihn in das Fass.

Überfall!

Eine Frau namens Karen wurde in Lake City bei einem Überfallversuch auf ein Motel verhaftet. Sie hatte als einzige Waffe eine elektrische Kettensäge und diese war nicht angeschlossen.

Kreisverkehr

Eine deutsche Familie fuhr mit ihrem neuen Wagen nach Paris und erreichte irgendwann den riesigen Kreisverkehr um den Triumphbogen. Bekanntlich verhalten sich die Pariser im Straßenverkehr etwas robuster als die Deutschen. Die Familie wollte das Risiko nicht eingehen, eine Beule in das schöne Auto zu bekommen. Deshalb wagten sie es nicht, sich in das Verkehrsgewühl in Richtung auf eine Ausfahrt hineinzudrängen, sondern wurden immer weiter in das Innere des Kreisverkehrs abgedrängt. Notgedrungen kreisten sie auf der innersten Spur stundenlang um den Triumphbogen, bis es endlich abends wurde, der Verkehr nachzulassen begann und sie den Kreisel in die gewünschte Richtung verlassen konnten.

Das Haustier in der Mikrowelle

Eine alte Dame hatte einen kleinen Hund als Haustier. Wenn das Tier an einem Regentag nass geworden war, steckte sie es in die Bratröhre ihres Herdes, um es dort bei schwacher Hitze trocknen zu lassen. Als der Herd defekt wurde, ersetzte sie ihn durch einen modernen Mikrowellenherd. Am nächsten Regentag wollte sie ihr Haustier wie gewohnt im

Herd trocknen; dabei explodierte das Tier nach wenigen Minuten durch die Einwirkung der Mikrowelle, weshalb sie einen psychischen Schock erlitt. Sie verklagte den Hersteller des Herdes erfolgreich auf eine beträchtliche Summe Schadensersatz mit der Begründung, dass weder in ihrer Bedienungsanleitung noch am Gerät selbst ein entsprechender Sicherheitshinweis vorhanden war. Als Konsequenz dieses Falles werden Mikrowellenherde mit dem Warnhinweis versehen "Nicht geeignet zum Trocknen von Haustieren".

Das Karussell

Jedes Jahr im Spätsommer kommt ein Rummelplatz in einen kleinen Ort. Der zieht immer Menschenmassen aus der ganzen Umgebung an. Auch drei Freunde beschließen, den Rummelplatz aufzusuchen. Dabei wollen sie einige Fahrten mit der beliebtesten Attraktion machen, nämlich einem großen Kettenkarussell. Bevor sie sich aber auf den Wag machen, tranken sie noch reichlich Alkohol. Es ist schon spät, als die drei endlich aufbrechen. In dem schon ziemlich angesäuselten Zustand kommt man nur langsam voran. Da ist es kein Wunder, das der Vergnügungspark für die Nacht schon geschlossen hat. Die drei jungen Männer aber wollen trotzdem auf ihr Vergnügen nicht verzichten. Sie finden den Wohnwagen des Karussellbesitzers und überreden ihn durch gute Bezahlung dazu, das Karussell noch einmal zu starten. Doch als die drei Männer in den Sitzen sind und sich das Karussell langsam zu drehen beginnt, will der Betreiber auch nicht untätig herumstehen. Er beschließt mitzufahren und springt rasch, bevor es zu spät ist, in einen der Sitze.

Die vier haben ein großes Vergnügen, bis es ihnen schließlich zu viel wird. Da bemerken sie mit Schrecken, das jetzt, wo der Karussellbesitzer auch mitfährt, niemand mehr da ist, der das Karussell wieder abstellen kann. Die vier mussten die ganze Nacht fahren. Als am nächsten Morgen die ersten Schausteller kamen, wurden sie befreit.

Das Monster im Kleiderschrank

Zwei Brüder, welche sich nicht immer unbedingt verstanden, hatten mal wieder einen Streit. Der Grund hierfür war die Angst des kleinen Jungen vor einem angeblichen Monster, das in seinem Wandschrank hauste und ihn nachts holen wolle. Doch nicht nur von seinem Bruder wurde der verängstigte Junge wegen seiner Angst geneckt, auch seine Freunde konnten die Furcht des Jungen nicht verstehen und mochten es, ihn deswegen zu hänseln. Eines Tages, als die Kinder gerade spielten, kamen sie wieder auf das Thema des Monsters zu sprechen und der kleine Bruder fand das nicht lustig. Aufgrund dessen, provozierte er seinen großen Bruder, dass er doch in den Wandschrank gehen solle, wenn er doch so mutig sei. Der ältere Bruder sah seine Chance und bot eine Wette an: Wenn er es 5 Minuten in dem Schrank aushalten würde, müsse sein kleiner Bruder dieselbe Zeit darin verbringen. Widerwillig, aber aufgrund des befürchteten Spottes, stimmte dieser zu. Im Zimmer des Jungen angekommen und unter den Augen der Freunde ging der große Bruder in den dunklen Wandschrank, schloss die Tür hinter sich und schrie kurz daraufhin verängstigt. Die Kinder dachten an einen Streich - erst als es plötzlich still wurde, machten sie sich Sorgen.

Nach einigen Minuten öffneten sie besorgt die Tür, doch nur noch die Kleidung des Jungen war vorzufinden - der große Bruder war spurlos verschwunden. Er tauchte nie wieder auf.

Das Rattenmädchen

Ein junges muslimisches Mädchen aus der Türkei hatte über einen längeren Zeitraum Verwandte in Frankreich besucht. Sie war von den Freiheiten und dem Leben in diesem Land beeindruckt und begeistert gewesen. Nachdem das junge Mädchen jedoch wieder in der Türkei war, erschien ihr das Leben bei ihren Eltern prüde und konservativ. Aufgrund dessen hatte das Mädchen einen schrecklichen Streit mit ihren Eltern, woraufhin sie sich in ihrem Zimmer einschloss und nicht mehr herauskommen wollte. Um ihrer Tochter eine Lehre zu erteilen und sie wieder zur Besinnung zu bringen, setzte sich die Mutter vor die Tür und las laut den Koran vor. Diese Handlung jedoch machte das Mädchen wütend. Nach etwa einer halben Stunde stürmte sie aus dem Zimmer heraus - entriss ihrer Mutter den Koran, zerfetzte diesen und warf die Reste aus dem Fenster und schwor ihrer Religion ab. Kurz nach dieser Tat soll sich das Mädchen wieder in ihr Zimmer begeben haben. Doch in der Nacht vernahmen die Eltern aus dem Raum ihrer Tochter obskure Geräusche und Schreie. Aus Angst um sein Kind, trat der Vater die Tür ein. Was die Eltern vorfanden schockierte sie: Das junge Mädchen hatte sich in eine rattenartige Kreatur verwandelt.

Das brennende Hamstergeschoss

Bei einem bizarren Liebesakt führt ein Mann seinem Lebenspartner einen Hamster mittels Papprohr in sein Rektum ein. Das Nagetier will dann aber nicht mehr herausschlüpfen und so versucht der nicht betroffene Mann, den Hamster mit einem angezündeten Streichholz anzulocken. Dies misslingt jedoch und beide Beteiligte erleiden aufgrund unglücklicher Zufälle Verbrennungen an den verschiedensten Körperteilen und müssen ins Krankenhaus eingeliefert werden. Im Nachhinein gesehen war der große Fehler, das Streichholz anzuzünden. „Aber ich habe nur versucht, den Hamster wieder zu kriegen" hatte der Mann den amüsierten Ärzten in der Abteilung für schwere Verbrennungen im Salt Lake City Hospital erzählt. Der Mann und sein Lebenspartner waren nach einer Session der intimen Art zur ersten Hilfebehandlung eingeliefert worden, nachdem dabei einiges schief gelaufen war. „Ich habe ein Papprohr in sein Rektum eingeführt und dann unseren Hamster hineinschlüpfen lassen" erklärte er. „Wie gewöhnlich hat mein Partner "Armageddon" gerufen, das Zeichen dafür, dass er genug hatte. Ich habe versucht, unseren Hamster zurückzuholen. Er wollte nicht wieder raus kommen, also habe ich ein Streichholz angezündet und in das Rohr gespäht, wobei ich gedacht habe, das Licht würde ihn schon anlocken." Bei einer eilig einberufenen Pressekonferenz beschrieb ein Sprecher des Krankenhauses, was als nächstes geschah. „Das Streichholz entzündete eine Gasblase im Innern und eine Flamme schoss aus dem Rohr, entzündete dem einen Partner dessen Haare und fügte seinem Gesicht schwere Verbrennungen zu. Außerdem fingen das Fell und die Schnurrbarthaare des Hamsters

Feuer, welche im Gegenzug eine noch größere Gasblase hinter dem Hamster entzündeten. Dies schleuderte den Nager nach draußen wie eine Kanonenkugel." Der Partner erlitt Verbrennungen 2. Grades und eine gebrochene Nase durch den Aufschlag des Hamsters, während der andere Partner Verbrennungen ersten und zweiten Grades an seinem Anus und Enddarm erlitt.

Funky!

Eine Frau muss zum Gynäkologen und ist ein bisschen spät dran. Sie duscht sich, findet aber ihren Intimspray auf die Schnelle nicht. Also rennt sie in das Zimmer ihrer Tochter und findet dort eins, sprüht es sich zwischen die Beine und fährt zum Arzt. Dort angekommen, setzt sie sich auf den Untersuchungsstuhl, dessen vorderer Teil mit einem Tuch abgedeckt ist und spreizt die Beine. Als der Doktor mit der Untersuchung beginnt, sagt er: „Hmm, funky!" Dann fährt er mit seiner Arbeit fort. „Seltsam", denkt die Frau über den ärztlichen Kommentar, fragt aber nicht nach und vergisst es auf dem Heimweg. Zuhause angekommen, sagt sie zu ihrer Tochter: „Du, ich hab mich an deinem Intimspray bedient. Ich hoffe, das ist okay für dich." Die Tochter sagt: „Mama, ich habe kein solches Spray." „Doch", sagt die Mutter, „komm mit." Sie gehen ins Zimmer der Tochter, die Mutter nimmt das Spray - und die Tochter sagt: „Das ist ein Glitzerspray. Für meine Haare!"

Das unverhoffte Wiedersehen

Zu Beginn eines neuen Präparierkurses hatten sich die Medizinstudenten ihren jeweiligen Leichen zugewandt und begannen nach Anweisung mit ihrer Arbeit. Plötzlich gab es große Aufregung, weil ein Student in einer Leiche, die er sezieren wollte, seinen eigenen, vor einiger Zeit verstorbenen Vater wiedererkannte. Die Lust am Präparierkurs sei ihm daraufhin sichtlich vergangen.

Der Leuchtturm

Diese Legende stammt aus Deutschland, aus dem friesländischen Raum an der Nordsee. Sie ist in verschiedenen Versionen verbreitet und wird oft anders erzählt und weitergegeben. Die Legende stammt ursprünglich aus dem 19. Jahrhundert und erzählt von einem kleinen Ort im friesischen Raum. Dort soll einst ein Leuchtturmwärter gelebt haben. Er war ein frommer herzlicher Mann, der stets seine Arbeit verrichtete, welche viel Verantwortungsbewusstsein erforderte. So leitete er Jahrzehnte lang Schiffen den sicheren Weg an den gefährlichen Felsküsten der Nordsee vorbei. Eines Tages jedoch wurde der Leuchtturmwärter als vermisst gemeldet, nachdem man ihn nicht in seinem Leuchtturm und auch nicht woanders in der Stadt auffand. Man schickte Suchtrupps los, die auch das Watt bei Ebbe durchsuchten. Dort fand man schließlich den leblosen Körper des alten Mannes im Schlamm liegen. Bei ihm einen Stock, eine erloschene Öllampe und einen Sack mit Muscheln. Alle Einwohner des Ortes waren erschüttert und trauerten um den guten alten Mann. Sie wussten, dass er sich jede Woche auf die

Suche nach Muscheln im Watt machte. Höchstwahrscheinlich hatte er sich verletzt oder hat die nächste Flut nicht richtig eingeschätzt und so ertrank er. Nachdem man seinen Tod verkraftet hatte, brauchte man nun einen neuen Leuchtturmwärter. Kinder oder Familie hatte der alte Mann, der im Leuchtturm lebte, nicht. Man wartete noch eine Zeit lang, ehe man einen neuen Wärter bestimmte. Doch etwas Merkwürdiges geschah: Man sah, dass das Licht oben im Leuchtturm brannte. Erst dachte man, es sorge schon jemand dafür, dass das Licht im Turm weiter brannte, aber es gab sich auch niemand zu erkennen. Das Licht erlosch nicht. Es brannte Tag und Nacht, auch obwohl jegliches brennbares Material zu fehlen schien. Die Einwohner des Dorfes, welche überwiegend selbst schon sehr alt waren, waren fest überzeugt, dass der Geist des alten Wärters seiner Pflicht und Verantwortung selbst im Tode noch treu blieb und so stets seine Arbeit leistete. Man hörte sogar von Leuten, die sich auch des Nachts im Watt verirrten und sich selbst schon Tod glaubten, als sie ein Licht im Watt sahen. Sie folgten diesem und erkannten die Umrisse eines Mannes mit einem Mantel, Regenhut und einer Laterne, der ihnen einen Weg zu weisen schien. Als sie zu ihm hinrannten und wieder an der sicheren Küste ankamen, war der Mann verschwunden. Viele Seeverunglückte berichteten später ähnliche Geschichten. Ob diese wahr waren oder nicht, war den Betroffenen egal. Sie hatten einen Schutzengel der die Nordsee bewachte.

Der Schuster

Diese Legende soll ursprünglich aus Schottland

stammen. Der Schuster von Selkirk: In Selkirk nahe der Grenze, lebte einst ein fleißiger Schuster, der jeden Morgen vor Tagesanbruch aufstand, um seinen Handel zu beginnen. Eines Morgens betrat ein Kunde in einem schwarzen Mantel seine Werkstatt und probierte einen Schuh an, den er von einer Bank heruntergenommen hatte. Der Schuh passte ihm gut und der Fremde bezahlte ihn mit Goldmünzen und sagte, er werde am nächsten Morgen vor dem Hahnenschrei wiederkommen, um den zweiten Schuh zu erwerben. Der Schuster jedoch traute dem Fremden nicht, da er, als der Fremde ihn bezahlte, bemerkt hatte, dass sich Würmer unter den Goldmünzen befanden. Am nächsten Morgen kehrte der fremde Mann wieder, bezahlte für den anderen Schuh und ging, diesmal jedoch folgte ihm der Schuster, von Neugier gepackt. Der Mann ging zum Friedhof des Ortes und verschwand in einem Grab. Als er dies gesehen hatte, kehrte der Schuster um. Später jedoch kam er mit einigen Freunden zurück und sie machten sich daran, das Grab auszuheben. Groß war ihre Verwunderung, als sie darin eine Leiche fanden, die das Paar nagelneuer Schuhe trug. Da der Schuster meinte, der Tote hätte keine Verwendung für sie, nahm er sie mit sich. Am Sonnenaufgang des nächsten Morgens hörte die Frau des Schusters einen durchdringenden Schrei aus der Werkstatt ihres Mannes und rannte los, um herauszufinden, was geschehen war. Als sie dort ankam, sah sie, dass ihr Mann verschwunden war. Das Grab wurde kurz darauf von neuem geöffnet und man fand darin die Leiche, die die neuen Schuhe trug. Die Frau des Schusters sah ihren Mann nie wieder.

Der Unfall

Ein älteres Ehepaar fuhr eines Abends nach einem aufregenden Bingospiel mit dem Auto nach Hause. Die Straße war nie viel befahren und es grenzte an Glück, wenn einmal ein Fahrzeug entgegen kam. In der Ferne konnten sie schon die Scheinwerfer eines anderen entgegenkommenden Fahrzeuges erkennen. Kurz bevor sie das Fahrzeug erreicht hatten, sahen sie plötzlich eine junge Frau am Straßenrand stehen, die ihnen zuwinkte und sie dazu brachte, stehen zu bleiben. Der Mann ließ das Fenster runter und sprach die junge Frau an, wie man ihr denn helfen könne. Sie zeigte auf den Wagen auf der gegenüberliegenden Spur und erzählte völlig aufgelöst, dass sie einen Unfall gehabt habe. Beide sahen zu dem Fahrzeug und konnten nun erkennen, dass das Auto gegen einen einsam stehenden Baum gefahren war. Rauch stieg aus der total verbeulten Motorhaube. Die junge Frau wirkte sehr hysterisch und erzählte weiter, dass ihr Baby noch in dem Wagen sei und sie es unmöglich befreien könnte. Tatsächlich konnte man, wenn man genau hinhörte, das Weinen eines Babys hören. Der Mann stellte den Motor ab und bat die junge Mutter doch auf dem Rücksitz Platz zu nehmen. Er würde loslaufen und ihr Kind aus dem Wrack befreien. Die junge Frau stieg ein und wimmerte erregt auf dem Rücksitz, während der Mann auf ihr Fahrzeug zu rannte. Beim Unfallwagen angekommen, konnte der Mann den Kindersitz mit dem Baby entdecken. Er schlug die Scheibe ein und befreite das weinende Baby aus seinem Gefängnis. Mit dem Baby im Arm lief er zurück zum Wagen. Dort angekommen wollte er der verstörten Mutter ihr Kind zurückgeben, doch es saß niemand mehr auf dem Rücksitz. Seine Frau und er sahen sich ratlos an. Sie war einfach verschwunden. Nicht einmal seine Frau hatte mitbekommen, wie sie das Fahrzeug verlassen hatte. Er blickte sich um, doch konnte er nichts erkennen. Er lief zurück zum Unfallwagen. Dort musste er mit Entsetzen feststellen, dass auf der Fahrerseite des Wagens eine tödlich verunglückte Frau eingeklemmt war. Er versuchte sie aus dem Wagen zu ziehen, doch schaffte es nicht. Als er sich die Tote näher ansah, erschrak er. Es war die junge Frau und Mutter des Kindes, die noch vor wenigen Augenblicken darum gebeten hatte, ihr und ihrem Baby zu helfen.

Energy-Drinks mit Urin

In Energy-Drinks ist oft Taurin. Isoliert wurde das Taurin zum ersten Mal aus der Stiergalle, woraus sich auch der Name ableitet (Tauros = Stier). Es hilft, dem Körper Koffein schneller in die Blutbahn aufzunehmen.

Der explodierende Kaktus

Eine Frau hatte sich einen großen Kaktus von einer Baumschule gekauft und brachte es zu sich nach Hause. Zu Hause beobachtete sie etwas Komisches. Der Kaktus schien zu atmen. Sie rief die Verkäufern an und sagte ihr: „Ich weiß, dass es verrückt klingt, aber ich glaube, dass mein Kaktus am Atmen ist." Die Verkäuferin erklärte der Frau, dass sie das Haus sofort verlassen soll und währenddessen sie ein Bombenentschärfungskommando anrufen wird.

Das Bombenentschärfungskommando kam augenblicklich zu dem Haus und brachte den Kaktus in einen Van. Und gerade als sie den Kaktus in den Van luden, explodierte der Kaktus plötzlich und aus ihm kamen hunderte kleine Skorpione gekrochen. Allem Anschein nach hat ein Skorpion, einer hochgiftigen Art, seine Eier in den besagten Kaktus abgelegt, damit diese dort ausgebrütet werden können.

Heidi

Das Seniorenpaar Mr. und Mrs. Kinney hat ein neues Hausmädchen engagiert, Ashley, das sich vornehmlich um die liebevoll angelegte Puppensammlung von Mrs. Kinney kümmern soll. Doch das ältere Paar weiß nicht, dass es sich bei Ashley um eine ausgemachte Psychopathin handelt, die einen abgrundtiefen Hass auf Puppen hat. Als Mrs. Kinney ihr Hausmädchen dabei erwischt, wie sie die Puppen auf den Boden wirft, entlässt sie ihre Haushaltshilfe auf der Stelle. Die rächt sich jedoch, indem sie eines Abends Mr. und Mrs. Kinney mittels Autoabgasen ermordet. Am nächsten Morgen ruft Ashley die Polizei an und behauptet, dass sie Mr. und Mrs. Kinney so vorgefunden hat. Alles deutet auf einen Selbstmord des alten Paares hin, doch plötzlich beginnt Heidi, die Lieblingspuppe der alten Frau, zu sprechen und beschuldigt das Hausmädchen des Mordes.

Der geisteskranke Mann

<u>Version I:</u> Ein älteres Paar wollte ihre Tochter besuchen und fuhr über eine Landstraße durch einen

dichten Wald. Plötzlich blieb der Wagen stehen und die beiden mussten feststellen, dass ihnen das Benzin ausgegangen war. Der Mann machte sich mit einem Kanister auf dem Weg zurück zu einer Tankstelle. Die Frau blieb zurück, weil ihr der Weg zu anstrengend erschien. Nach einiger Zeit langweilte sie sich und schaltete das Radio ein. Eine Meldung ging durchs Radio, die vor einem entflohenen Geisteskranken warnte, der hier in der Gegend sein Unwesen zu treiben schien. Die Frau bekam Angst und verschloss die Autotüren. Plötzlich ein lautes Poltern und Klopfen auf dem Autodach. BUMM! BUMM! BUMM! BUMM! Ihre Angst wuchs ins Unermessliche und die Frau sorgte sich immer mehr um ihren Mann. Das Klopfen hörte abrupt auf. Am nächsten Morgen hielt ein Polizeiwagen neben der Frau und ein Polizist forderte sie auf, auszusteigen und nicht zurückzublicken. Die Frau stieg aus und musste zurückschauen. Auf ihrem Auto lag der Kopf von ihrem Mann! Die Polizei stellte fest, dass der Geisteskranke mit dem Kopf auf das Autodach geschlagen hatte.

Version II: Eines späten Abends machte sich ein Pärchen von einer Feier aus auf dem Weg nach Hause. Sie verabschiedeten sich von ihren Freunden und stiegen in ihren Wagen. Obwohl beide bemerkten, dass die Tankanzeige einen fast leeren Tank anzeigte, fuhren sie los und versäumten es an der Tankstelle zu halten, um zu Tanken. Schon nach wenigen Kilometern blieb der Wagen, inmitten eines tiefen und düsteren Waldes, stehen. Beiden war es unheimlich hier zu stehen und ein ungutes Gefühl machte sich in ihnen breit. Dennoch stieg der Mann aus und ging zum Kofferraum. Hier nahm er den Benzinkanister heraus, schüttelte ihn, doch leider musste er feststellen, dass dieser leer war. Nach einer kurzen und hitzigen Diskussion mit seiner Frau, machte sich der Mann auf dem Weg zurück in die Stadt, um Benzin zu holen. Widerwillig blieb die Frau zurück. Alles war dunkel um sie herum. Der Wald war so dicht, dass sie nicht erkennen konnte, was im Umkreis von wenigen Metern um sie herum geschah. Ängstlich verriegelte sie die Türen des Autos, verkroch sich tief in ihrem Sitz und machte das Radio an. Voller Erwartung und Ungeduld schaute sie ständig auf die Uhr. Etwa nach einer halben Stunde spürte sie plötzlich ein leichtes ruckeln am Auto. Sie blickte sich um und hoffte ihren Mann zu sehen, der mit einem vollen Kanister gerade dabei wäre, den Tank zu füllen. Doch sie sah nichts, außer der rabenschwarzen Nacht. Kurz darauf hörte sie ein leises Scharren, das vom Dach des Fahrzeugs zu kommen schien. Sie horchte auf und hörte ein leises Kratzen und Knacken. Sie zuckte total erschrocken zusammen, als aus dem leisen Scharren plötzlich ein lautes Klopfen wurde. Sie blickte nach oben und konnte sehen wie sich das Dach leicht verbeult hatte. Und immer und immer wieder dieses laute Klopfen. Sie kauerte sich zusammen und blickte hinaus in die Nacht. Plötzlich stoppte das laute Klopfen und sie schaute ängstlich aus dem Fenster. Eine Flüssigkeit lief die Fensterscheiben hinunter. Wieder das Ruckeln am Wagen. Es klang so, als würde ein wildes Tier vom Autodach springen. Doch konnte sie nicht das Geringste erkennen. Sie blieb noch einige Zeit still im Wagen sitzen und lauschte der Stille. Es war nichts mehr zu hören. Kein Knacken, kein Scharren, nur die leise Musik aus den Lautsprechern. Also entschloss sie sich, nach dem Rechten zu sehen. Sie zog den Türknopf nach oben und öffnete vorsichtig die Beifahrertür. Als die Tür einen kleinen Spalt geöffnet war, blickte sie nach oben. Die Flüssigkeit, die schon über das Fenster gelaufen war, tropfte ihr nun aufs Gesicht. Sie fühlte sich kalt und klebrig an. Sie wischte sich mit der Hand drüber und konnte im fahlen Licht des Wagens erkennen, dass es sich um Blut handelte. Erschrocken sprang sie aus dem Wagen und richtete ihren Blick sofort auf das Autodach. Im ersten Moment hoffte sie noch ein totes Tier auf ihm zu finden und trat dichter heran. Da konnte sie mit erschrecken feststellen, dass auf dem Dach ein menschlicher Körper lag. Anhand der Kleidung wusste sie, dass es sich dabei um ihren Mann handelte. Mit zittrigen Händen fasste sie zu ihm und sprach ihn an. Sie drehte den Körper leicht zu sich und stieß einen entsetzlichen Schrei aus. Dem leblosen Körper fehlte der Kopf und neben ihm lag eine blutverschmierte Axt. Glaubt man dieser Legende, wurde der Kopf nie gefunden. Die Schuld an dem Tod des Mannes bekam ein Geisteskranker, der erst einen Tag zuvor aus einer Anstalt, ganz in der Nähe, ausgebrochen war.

Der schwarz gehüllte Mann

Diese Legende soll ursprünglich aus Deutschland stammen. Man erzählt sich, dass, immer wenn ein lebensbedrohliches Unheil unmittelbar bevorsteht, einem eine schwarz gehüllte Gestalt begegnet, die sagt: „Noch nicht!". Dieser Mann soll angeblich auch Menschen im Narkoseschlaf begegnet sein und ihnen zugerufen haben: „Wach auf!". Er soll auch schon in Zügen gesehen worden sein. Er wird immer gleich beschrieben; Groß, schwarzer langer

Mantel, schwarzer großer Hut, dunkle und unheimliche Stimme. Nach seinen Warnungen verschwindet er sofort. Von manchen wird er auch "Der unheimliche Rufer" genannt.

Der weiße Hund mit den roten Augen

Eine Sage erzählt von einem weißen Hund mit roten Augen. Im Altenholzer Wald lebte vor langer Zeit ein Ehepaar, zusammen mit ihrem Hund, im Wald. Ihr Haus war groß genug, um darin zu leben und gleichzeitig ein Gasthaus darin zu betreiben. Das Ehepaar verdiente ein Haufen Geld mit dem Gasthaus und es sprach sich sehr schnell herum. Eines Nachts, es war Vollmond, brachen Einbrecher in das Gasthaus ein und begannen, nach Wertsachen zu suchen. Einem der Einbrecher viel ein Glas herunter und es ging dabei zu Bruch. Durch den Lärm wurde das Ehepaar wach und diese überraschten die Einbrecher. Der Hund kam auf einen Pfiff des Ehemannes und rannte ins Haus. Die Einbrecher gerieten in Panik, da sie dachten, dass der Ehemann mit seinem Pfeifen einen weiteren Besucher der Gaststätte gerufen hätte, doch die Hauptsession war schon längst zu Ende. Es kam zu einen Gerangel und ein Einbrecher konnte sein Messer ziehen und stach damit den Ehemann in dessen Bauch. Die Frau schrie und hatte panische Angst. Die Einbrecher beschlossen, auch die Frau zu töten. Die Einbrecher schnitten der völlig wehrlosen Frau die Kehle durch. Um die grausige Tat zu verwischen, brannten sie das Gasthaus mit den Leichen des Ehepaares nieder. Auch der Hund verbrannte bei lebendigem Leibe, da die Einbrecher den Hund, kurz bevor sie das Gasthaus anzündeten, dessen

Beine brachen. Seit diesem Tag soll der Hund bei jeder Vollmondnacht im September durch den ganzen Wald laufen und jeden Menschen, der sich um Mitternacht im Wald aufhält, töten. Dort, wo das Gasthaus nach der Sage gestanden haben soll, findet man auch die Mauerreste.

Die drei Söhne

Es war eine Frau mit drei Söhnen. Sie waren 10, 11 und 12 Jahre alt. Einer hatte große Ohren, einer eine lange spitze Nase und einer eine große Brille, mit der er nicht gut sah. Eines Tages ging der Mann auf Reisen und lies die Frau alleine mit den Jungs. Die Kinder tanzten der Mutter auf der Nase herum, sie hörten nicht auf das, was sie sagte, räumten ihre Zimmer nicht auf und waren frech. Die Mutter war froh, als der Tag gekommen war, an dem ihr Mann wieder nach Hause kommen sollte. Doch dann bekam sie einen Brief, dass es wohl doch noch ein paar Wochen länger dauern würde, bis er wieder zu Hause ist. Nach ein paar Tagen konnte es die Frau nicht mehr aushalten und ist durchgedreht. Sie erschlug die Kinder und legte sie in einem Fass mit Säure. Als der Mann nach Hause kam, sagte sie ihm, dass die Kinder weggelaufen wären. Er war lange Zeit sehr traurig. Nach etwa einem Jahr fand er das Fass, dass seine Frau im Wald versteckt hielt und öffnete es. Er fand nichts mehr außer der Säure und einem beißenden Gestank.

Die Fingerkuppe

Ein Mann hört während der Fahrt ein Klopfen auf

seinem Autodach. Zu Hause bemerkt er eine Delle im Blech, darin liegt eine abgetrennte Fingerkuppe. Über seinen grausigen Fund wird in der Zeitung berichtet. Daraufhin meldet sich ein Mann, der sich beim Holzhacken ein Stück seines Fingers abgetrennt hat. Er berichtet, dass Vögel das Fingerglied aufgepickt hätten und damit weggeflogen seien.

Die Halloween-Dekoration

In einer kleinen Stadt in den USA brach gerade die Zeit von Halloween an. Viele der Einwohner brachten ihre Dekoration in Stellung. Sie schnitzten Kürbisgesichter, hingen Geister, Hexen und Skelette in ihre Fenster und manch einer stellte einen Sensenmann oder eine furchteinflößende Vogelscheuche in den Vorgarten. Angesichts dessen, wunderte sich auch niemand über einen Mann, der erhängt an einem Baum eines kleinen Einfamilienhauses baumelte. Es handelte sich hierbei um einen Postangestellten, der gerade von seiner Frau verlassen worden war und den Schmerz nicht verkraftet hatte. Aus diesem Grund hatte er des Nachts eine Schlinge um den stärksten Ast seines Baumes geschlungen und seinem Leben ein Ende bereitet. Der Postangestellte hing für geschlagene drei Tage an den Baum, bevor jemand dieses meldete. Die meisten Einwohner, Passanten und Autofahrer hatten den Erhängten schlicht für eine Halloween-Dekoration gehalten - und zwar für eine sehr gute.

Die Katze in der Dusche

In einer ruhigen und gepflegten Vorstadtstraße lebt

eine ältere, verwitwete Dame bereits seit über acht Jahren mit ihrem Kater Moses zusammen. Die beiden sind ein Herz und eine Seele. Der Kater gibt der älteren Dame Halt und Aufmerksamkeit. Durch seine Anwesenheit kommt ein bisschen Leben in ihr großes altes Haus. Eines Tages jedoch ist Moses verschwunden. Da es sich um einen Freigänger handelt, ist die ältere Dame im ersten Moment nicht sonderlich besorgt, sondern sagt sich, dass Moses schon wieder auftauchen wird. Als er sich auch am zweiten Tag nicht blicken lässt, sieht man die ältere Dame durch das Viertel ziehen. Sie ruft laut nach ihrem Kater und verteilt Zettel mit einem Foto und ihrer Anschrift darauf. Es vergeht ein weiterer Tag und von dem Kater fehlt weiterhin jede Spur. Eine Gruppe Jugendlicher, die auch die Zettel der Suchaktion gesehen haben, finden am Vormittag des dritten Tages den Kater in einer abgelegenen Seitenstraße. Offensichtlich ist er von einem Auto überfahren worden. Angeregt durch den Fund des toten Katers, überlegen die Jugendlichen, wie sie der älteren Dame so schonend wie möglich beibringen können, dass ihr geliebter Kater nicht mehr am Leben ist. Als am späten Nachmittag die ältere Dame ihr Haus verlässt, um noch ein paar Besorgungen zu machen, findet sie an ihrer Eingangstür das abgezogene Fell ihres Katers, mit einem Zettel daran, auf dem steht: „Bin duschen, Moses".

Die Nachricht auf der Briefmarke

Eine Mutter, deren Sohn in den Krieg einberufen wurde, erhielt jede Woche einen Brief von ihm, der sie beruhigen sollte. Denn so wusste sie, dass es ihm gut ging und alles in Ordnung sei. Als sie jedoch einmal keinen Brief erhielt, wurde sie unruhig. Sie konnte keine Nacht mehr ruhig schlafen und malte sich die schlimmsten Bilder aus. Sie konnte nicht glauben, dass ihr Sohn tot sein sollte und wartete voller Hoffnung auf eine erneute Nachricht von ihm. Nachdem einige Wochen ins Land gezogen waren, erhielt sie einen Brief von der Armee, in dem stand, dass Ihr Sohn als Kriegsgefangener in einem Camp untergebracht wurde. Es bestehe aber keinen Grund zur Annahme, dass die Gefangenen dort schlecht behandelt werden würden und sie solle sich somit nicht weiter sorgen. Am Ende des Krieges würde ihr Sohn gesund und munter wieder freigelassen werden und käme nach Hause. Der Frau fiel ein Stein vom Herzen, aber dennoch hatte sie ein ungutes Gefühl bei der Sache und war jeden Abend am Beten. Weitere Wochen verstrichen, bis die alternde Frau endlich einen Brief ihres Sohnes in der Hand halten durfte. Er schrieb ihr, sie solle sich bitte keine allzu großen Sorgen machen. Man behandle ihn gut und er wird, sobald der Krieg endlich vorbei ist, nach Hause zurückkehren dürfen. Sein einziger Wunsch wäre, dass der kleine Teddy die Briefmarke für seine Sammlung erhalte. Die Gute war überglücklich, eine so positive Nachricht von ihrem Sohn erhalten zu haben, wunderte sich aber, was er mit der Briefmarke meinte. Sie kannte niemanden mit dem Namen Teddy, noch war ihr bewusst, dass ihr Sohn jemanden kannte, der sich für Briefmarken interessierte. Dennoch wollte sie dem Wunsch ihres Sohnes entsprechen und löste vorsichtig die Briefmarke vom Kuvert. Als sie nun die lose Briefmarke in den Händen hielt, betrachtete sie diese genauer. Auf der Rückseite der Marke stand etwas geschrieben. Sie schaute genauer hin und las die Worte: „Sie haben mir die Beine abgesägt."

Gefährliche Ernte

Jedes Jahr zur Erntezeit wird im Raum Vechta erzählt, dass zwei kleine Kinder in einem Maisfeld gespielt hatten, das gerade gedroschen wurde. Plötzlich sah der Fahrer nur noch, dass die beiden Kinder im Einzug eines Maisdreschers verschwanden. Der Mann nahm sich daraufhin das Leben.

Die Steppen in Afrika

Wenn man in Afrika abends vor dem Lagerfeuer sitzt, soll man Menschen hören, die mit einem reden und nicht mit am Lagerfeuer sitzen. Wenn man sich dann von der Gruppe bzw. vom Feuer entfernt um nachzusehen, wer da ist, wird man nicht mehr lebend gesehen. Die Hyänen sollen nämlich nachts die Fähigkeit haben, Menschenstimmen nachzuahmen und so ihre Opfer zu sich zu locken.

Abgekocht

Feierabend in einer Rostocker Wurstfabrik. Völlig erschöpft zieht eine der Arbeiterinnen ihre Arbeitsklamotten aus. Sie ist froh, endlich die Spätschicht hinter sich zu haben und will nur noch eins: Sich frisch machen und ab nach Hause! Die schmutzigen Duschen für die Angestellten will sie aber nicht benutzen. Sie wartet, bis die Kollegen weg sind, dann füllt sie Wasser in einen elektrisch beheizten Wurstkessel, denn darin will sie ein Vollbad nehmen. Doch als sie im Kessel sitzt, fällt plötzlich der Deckel zu und die Verschlüsse haken ein. Vergeblich versucht sie, sich zu befreien, doch vergeblich. Als die Arbeiter am nächsten Morgen den Kessel öffneten, saß die Frau noch immer da, doch durch das kochende Wasser, in dem sie die ganze Nacht lang badete, blieb von ihr nur noch ein Skelett übrig. Ihr Fleisch wurde vollständig von ihrem Körper abgekocht.

Die Tätowierung

Ein Mädchen wollte schon immer zu ihrer Volljährigkeit ein Tattoo haben. Sie hatte auch eine Vorstellung, wie das Tattoo aussehen sollte - sie wollte ihren Namen drauf haben. Dieses Geschenk erlaubten ihr die Eltern. Sie hatte auch schon eine eigene Wohnung. Sie hatten vor, in der neuen Wohnung eine Geburtstagsfeier zu veranstalten. Ihre Eltern bekamen von den Nachbarn einen guten Tipp über einen Metzger, bei dem das Fleisch wohl sehr viel besser schmecken würde als bei allen anderen. Die Mutter fährt zu dem Metzger und kauft sich dort zur Probe verschiedene Fleischsorten, die sie dann auch zubereitet und zusammen mit ihrer Familie isst. Sie stellen fest, dass dieses Fleisch tatsächlich sehr außergewöhnlich gut schmeckt. Somit hat der Metzger einen neuen Stammkunden gewonnen. Alles schön und gut - so ging es eine Woche lang bis zu der gesagten Party. Damit die Tochter die Party gut feiert und auch gutes Essen auftischt, haben sie bei dem Metzger wieder eingekauft. Die Tochter prahlte überall mit ihrem neuen Tattoo, konnte sich vor Freude kaum auf die Vorbereitung konzentrieren. Alles vorbereitet und hergerichtet, geht die Mutter nach Hause und lässt ihre Tochter mit ihren Freunden feiern. Am nächsten Tag ruft die Mutter an, um sich zu erkundigen wie alles verlaufen ist -

doch niemand geht ans Telefon. Sie denkt sich nichts dabei - sind ja immerhin junge Mädchen. Sie macht sich ebenfalls auf dem Weg und geht zum Metzger, um Hackfleisch für die Lasagne zu holen. Zuhause macht sie die Verpackung ab und kocht das Essen. Als der Vater von der Arbeit nach Hause kommt, essen sie gemeinsam. Beim Essen bemerkt die Mutter, dass sie was im Mund hat, dass das Fleisch nicht schmeckt und sich nur schwer kauen lässt. Sie nimmt es aus dem Mund und schaut sich das Fleisch genauer an. Plötzlich kann sie vor lauter Schreck kein Wort aussprechen, wird ganz blass im Gesicht und rennt sofort ins Bad und übergibt sich dort. Der Vater ist ganz entsetzt, nimmt sich das Fleisch in die Hand und betrachtet es. „Hmmm." denkt er, ein Stück Haut wahrscheinlich, aber da steht doch was drauf - ja, da ist der Anfangsbuchstabe des Tattoos ihrer Tochter abgezeichnet. Der besagte Metzger wurde danach festgenommen. Aus dem verbleibenden Fleisch im Laden entnommene DNA stimmte tatsächlich mit der DNA ihrer Tochter exakt überein. Und wie sich später herausstellte, war es nicht das einzige Mädchen, das nach einer Party im Keller des Metzgers verschwunden war.

Die Hexe

Ein junges Mädchen, das sich selbst für eine Hexe hält, wird von ihren Eltern zu einer Psychologin geschickt. Daraufhin verflucht das Mädchen die Therapeutin. Und tatsächlich: Die Frau berichtet bald, sie sei total am Ende. Ihr Haus sei abgebrannt, ihr Verlobter habe sie verlassen, in die Praxis sei eingebrochen worden. Die Patientin schwört, noch mehr Schaden anzurichten, wenn sie erst in den großen

Hexenzirkel aufgenommen worden sei. Nachdem sie dort ihre Treueschwur geleistet hat, stellt sich heraus, dass die Oberhexe niemand anderes ist als die Psychologin. Auf diese Weise pflegt sie auf die schiefe Bahn geratene Mädchen zu bekehren.

Die alte Frau mit dem Schlüsselbund

Es heißt, wenn man einen Schlüssel verliert, sollte man niemals nachts nach den Schlüsseln suchen, weil dies die sogenannte "Weiße Frau" hervorruft, welche einen mit ihren riesigen Schlüsselbund erschlägt. Tatsächlich gibt es diese Story und sie soll auch so geschehen sein zwischen 1650 und 1780. Früher, zu den Lebzeiten der "Weißen Frau", kursierten Gerüchte um sie im Land herum, welche behaupteten, dass sie eine Hexe oder ein anderes Wesen sei, weshalb sie so lange Leben konnte.

Die brave Tochter

Eines Abends sitzt der Familienvater am Wochenende alleine zu Hause, weil seine Frau mit Freundinnen Kartenspielen ist und seine Tochter wie so oft am Wochenende unterwegs ist. Da hat er die verwegene Idee, doch mal in ein Bordell zu gehen, weil es ja momentan sowieso nicht so toll mit der Ehefrau läuft. Gesagt getan. Dort angekommen, fragt er an der "Rezeption", ob sie eine gute Empfehlung hätten. Antwort: „Klar, oben im zweiten Stock. Zweite Tür rechts ist gerade frei geworden." Also geht der Mann nach oben, klopft und als sich die Tür öffnet, steht seine Tochter vor ihm.

Die verstümmelte Frau

Ein frisch vermähltes Ehepaar war gerade in den Flitterwochen. Sie waren in Paris, der Stadt der Liebe und verbrachten bisher wunderschöne romantische Tage. Eines Abends, sie waren gerade im Aufbruch und wollten das Restaurant verlassen, in dem sie gespeist hatten, wollte die Frau nur noch für einen kurzen Moment auf die Toilette. Ihr Mann wartete am Eingang, doch seine Frau kam und kam nicht. Er sprach daraufhin das Personal an, ob sich jemand mal erkundigen könnte, ob mit ihr alles in Ordnung sei, doch sie war nicht aufzufinden. Der Ehemann versuchte ruhig zu bleiben und fuhr ins Hotel, um dort auf sie zu warten. Doch er erhielt nicht das kleinste Lebenszeichen von ihr. Er wurde immer unruhiger und beschloss daraufhin, die Polizei zu alarmieren. Die Beamten versuchten ihn erstmal zu beruhigen. Vielleicht habe seine Frau ja plötzlich ihre Meinung geändert und würde jetzt erstmal ein wenig Abstand brauchen. Zeitgleich überprüften sie, ob seine Frau schon Vorstrafen bezüglich Ehevergehens hatten. Dieser mussten jedoch eingestellt werden, da sie feststellten, dass nichts über sie bekannt war. Sie waren davon überzeugt, dass er sicherlich bald von ihr hören würde und dass es ihr bestimmt gut gehe. Er solle zurück ins Hotel fahren und dort abwarten. Sollte etwas geschehen sein, würde man sich bei ihm melden. Aber es meldete sich niemand und er beschloss, die Heimreise anzutreten. Wochen vergingen, Monate vergingen. Kein Lebenszeichen seiner Frau. Auch von einem Verbrechen wurde nichts bekannt, so dass man annehmen musste, dass seine Frau noch am Leben war. Der Mann selbst war totunglücklich und vollkommen leergefegt. Er hatte keine Kraft mehr, sein Leben so weiter zu leben. Er war so voller Leid, dass er nicht mal mehr imstande war, seinen Job zu behalten. Er musste etwas tun, um sich auf andere Gedenken zu bringen. Also beschloss er, durch die Welt zu Reisen, mit der Hoffnung, mit seinem Schmerz abschließen und neu beginnen zu können. Einige Jahre später gelangte er so auch nach Bali. Dort wurden in einem alten Gebäude, gegen Geld, entstellte Personen ausgestellt. Aus seiner Laune heraus und aus Neugier wollte er sich diese entstellten Gestalten nicht entgehen lassen und ging hinein. Abscheu überkam ihn, als er all diese Kreaturen sah. Im letzten, einem dreckigen und stinkendem Käfig, sah er eine Frau, nackt, vollkommen verstümmelt mit krummen und schiefen Gliedmaßen, die auf einer Holzlatte mit Ketten saß und dabei grauenvolle Tierlaute von sich gab. Sie schien völlig von Sinnen zu sein. Als dieser Frau in seine Richtung starrte, stieß er einen entsetzlichen Schrei aus. Im Gesicht dieser grauenvollen Gestalt erkannte er das Geburtsmal, welches seine Frau besessen hatte.

Dreadlocks

Der besagte hatte Dreadlocks, aber schon sehr sehr lange. Er hat sich gewundert, dass die Haare in der letzten Zeit immer so gestunken haben und als er sie gewaschen hat, ist das Wasser immer braun gewesen. Also hat er sich nach langem Überlegen dazu entschlossen, sich von seiner geliebten Frisur zu trennen. Aus reinem Interesse hat er dann seine Dreads aufgeschnitten: In ihnen waren massenweise Fliegenmaden und Eier.

Engelslachen

Diese Geschichte soll aus Frankreich stammen und hat sich auf einer Kino-Toilette zugetragen. Eine Frau wollte auf die Toilette, jedoch "hauste" dort gerade eine Bande, die nicht sehr freundlich gesinnt war. Sie nahmen sie und zerrten die hilflose Frau in eine Kabine und fragten sie, ob sie lieber sterben, vergewaltigt oder lachen möchte. Sie entschied sich für das Lachen und einer der Bande schlitzte ihr den Mund bis zu den Ohren auf und streute Salz darüber.

Geisterhafte Schulkinder

In einer Kleinstadt in Texas gibt es einen Bahnübergang, der auf leichten Anhöhe liegt. Man erzählt sich dort die Geschichte, dass eines Tages ein mit vielen Kindern vollbesetzter Schulbus aufgrund defekter Bremsen, den Hügel hinunter gerollt und vom Zug erfasst worden sei. Nur der Busfahrer soll das Unglück überlebt haben. Bald darauf kam es an dieser Stelle regelmäßig zu seltsamen Vorfällen, bei denen sich vor dem Bahnübergang wartende Fahrzeuge wie von Geisterhand in Bewegung setzen und - scheinbar auf übernatürliche Art und Weise - den Hügel hinauf (!) und über den Bahnübergang rollten. Bei den betroffenen Wagen fand man an der Rückseite immer zahlreiche Fingerabdrücke auf dem Lack. Dazu gibt es auch ein Youtube-Video.

Glück gehabt

Ein Studentenwohnheim in Los Angeles. Zwei Studentinnen, die hier im ersten Semester studieren, teilen sich ein Zimmer und gehören zu den wenigen Bewohnern, die über die Feiertage nicht zu ihren Familien fahren. Wenigstens sind sie zu einer Weihnachtsfeier eingeladen, die ein paar Studenten veranstalten. Ausgerechnet am Abend der Feier geht es einer der beiden nicht so gut und sie beschließt, im Bett zu bleiben. Die andere dagegen will zur Party. Unterwegs fällt ihr ein, dass sie ihre Geldbörse vergessen hat. Sie kehrt um und geht ins Zimmer. Es ist abgedunkelt - ihre Mitbewohnerin schläft wohl schon. Um sie nicht zu wecken, sucht sie im Dunkeln nach der Geldbörse und geht wieder. Als sie in der Nacht von der Feier kommt, trifft sie fast der Schlag: Ihre Freundin liegt ermordet im Bett. Doch der größte Schock ist für sie eine Aufschrift auf dem Spiegel. Dort steht mit Lippenstift: „Freu Dich, dass Du das Licht nicht angemacht hast!"

Willkommen im Club

<u>Version I:</u> Ein junger Mann ging ins Kino, um sich einen Film anzusehen. Als er sich in den Kinosessel setzte, spürte er, wie ihm etwas in den Hintern stach. Er sprang sofort auf, um zu überprüfen, was das war. Lange musste er nicht suchen, da entdeckte er eine Injektionsnadel im Sitz. An dieser war ein Zettel befestigt, auf dem Stand: „Sie wurden gerade mit HIV infiziert!"

<u>Version II:</u> Irgendwo, an einer der vielen High

Schools der USA, ging gerade für einige junge Mädels das letzte und scheinbar erfolgreiche Schuljahr zu Ende. Den bevorstehenden Abschluss wollten sie daher richtig begehen und eine große Party veranstalten. Diese sollte zusammen mit vielen Freunden und Schulkameraden in einer Diskothek in der nächsten Stadt stattfinden. Alkohol sollte kein Problem sein, da man den Inhaber der Disko kannte und auch Hin- und Rückfahrt waren organisiert. Als die Party an einem Wochenende im vollen Gange war, kamen immer weitere Gäste. Teenager aus einer Schule in der Nachbarstadt und auch einige ehemalige Schüler der High School hatten sich eingefunden und wollten mitfeiern. Schnell machten allerdings neben Alkohol auch Drogen wie LSD die Runde. Auch die jungen Gastgeberinnen der Party waren nicht abgeneigt, diese zu probieren, woraufhin ein junger schlaksiger Typ auf sie zukam. „Was soll das? Wisst ihr überhaupt, was ihr da anstellt?" meinte er zu ihnen; die Mädchen erwiderten nur, dass er verschwinden solle. Sie wüssten schon, was sie tun. Der Mann machte allerdings keine Anstalten zu gehen, sondern erklärte, das er ihnen etwas Besseres bieten könne; etwas, wovon die Mädchen ihr ganzes Leben noch was haben würden. Benebelt äußerte die Mädchentruppe Interesse, woraufhin der schlaksige Typ ein Fläschchen von seiner Hosentasche nahm und etwas in die Getränke der Schülerinnen schüttete. Die Mädels tranken und der junge Mann ging. Vorher gab er jeder noch eine Nachricht mit, welche sie aber erst am nächsten Morgen lesen sollten. Am Tag darauf erinnerten sich die Schülerinnen wieder an die Nachricht des Fremden und lasen sie: „Ihr seid genau wie ich es war. Ihr habt darum auch kein besseres Leben verdient als ich. Herzlichen Glückwunsch. Ihr habt euch mit HIV infiziert."

Version III: Eine junge Frau, welche gerade frisch und reich geschieden war, unternahm eine Reise auf eine griechische Insel. Dort wollte sie sich erholen und mit einer lockeren Affäre von ihrem Ex-Mann ablenken. Und tatsächlich lernte sie, nach nur wenigen Tagen, einen jungen, gut aussehenden Griechen kennen. Über zwei Wochen hinweg vergnügte sie sich mit ihm, bevor sie wieder nach Hause flog. In der Heimat angekommen, fand die Frau in ihrem Gepäck eine kleine Schachtel, welche in buntes Papier gewickelt und mit einer großen roten Schleife verziert war. Auf dem Päckchen klebte eine Nachricht von dem jungen Griechen: „Hier ist ein kleines Abschiedsgeschenk. Bitte mach es erst zu Hause auf!" Von der Neugierde gepackt, wartete die Frau nicht lange und öffnete die Schachtel. Schockiert entdeckte sie, nachdem sie den Deckel anhob, eine tote Ratte und eine Mitteilung: „Willkommen im Aids-Club!"

Version IV: Ein Verrückter, welcher sich mit HIV infiziert hat, läuft außerhalb von Diskotheken und Feiern herum und stempelt jedem, dem er über den Weg läuft, einen Stempel auf den Arm oder auf andere diverse Stellen. Den Stempel hat er in seinem Blut getunkt und ist mit vielen kleinen Nadeln gespickt. Die Aufschrift: "Du bist der Nächste!"

Kannibalismus

Kannibalismus hat es schon seit Beginn der Menschheit gegeben. Laut einem alten Zeitungsbericht zufolge hatte ein unbekannter Metzger seine

Metzgerei in der Nähe einer Kaserne gehabt. Da auch er praktisch ein Teil der Kaserne war, standen immer Wachposten vor den Türen der Metzgerei. Jedoch waren sie alle am nächsten Morgen verschwunden. Der Grund: Der Metzger kam immer nachts mit einem Fleischerbeil, stach die Wachposten nieder, brachte sie in seine Metzgerei und zerhackte die Leichen in ihre Einzelteile, die dann am nächsten Morgen mit dem anderen Fleisch an der Theke verkauft wurden, ohne dass jemand Notiz davon nahm. Die Polizei rätselte lange um ihr verschwinden, bis dann zwei Wochen später die Lösung des Rätsels zum Vorschein kam. Als der Metzger sich neue Opfer holen wollte, konnte einer der Wachen schwerverletzt entkommen und es der Polizei melden. Der Metzger wurde am nächsten Tag festgenommen, das Fleisch wurde verbrannt und weggeworfen.

Kuchisake-Onna

Eine japanische Legende besagt, das einst in der Heian-Zeit (794-1185) ein Samurai lebte, welcher eine wunderschöne Frau hatte. Sie war jedoch auch sehr eitel und er wusste nicht, ob sie ihm treu war. Er war ein sehr jähzorniger Mann und eines Nachts verlor er die Beherrschung. Mit seinem Schwert schlitzte er ihr den Mund von Ohr zu Ohr auf, damit niemand mehr sie schön finden möge. Der Legende nach war sie von da an verflucht und in nebligen Nächten streift sie durch die Straßen. Früher hatte sie ein Seidentuch vor ihrem Mund, heutzutage trägt sie oft eine in Japan nicht unübliche OP-Maske. Trifft sie auf eine Person bei Ihren nächtlichen Spaziergängen, so bleibt sie stehen und fragt

„Bin ich schön?" Wenn die Person diese Frage bejaht, so reißt sie ihre Maske herab und fragt nun mit weit geöffnetem, verstümmeltem Mund „Jetzt auch noch?" Falls man vor ihr flieht oder in Panik verfällt, so wird sie ihr Opfer unbarmherzig jagen, oft mit Messern oder einer Sense bewaffnet. Männer tötet sie auf grauenvolle Art und Weise, Frauen dagegen macht sie zu einer neuen Kuchisake-Onna, von nun an selbst Nacht für Nacht durch die Straßen zu wandern. Während des Frühjahrs und Sommers 1979 gab es eine Kuchisake-Onna-Panik in Japan. Es gingen Gerüchte um, dass sie tatsächlich durch die Straßen zieht und vor allem Kinder tötet. Viele Kinder trauten sich nicht mehr aus dem Haus. Eine ähnliche Panik gab es 2004 in Korea.

Lavender Town Syndrome

Laut einem Mythos haben sich nach der Veröffentlichung von "Pokémon Rote Edition", 1996 in Japan rund 200 Kinder umgebracht. Grund hierfür sei das "Lavender Town Syndrome" - ausgelöst durch die Hintergrundmusik von Pokémon in der Stadt Lavandia. Das Musikstück soll einige hohe Töne besitzen, die nur Kinder im Alter von sieben bis zwölf Jahren hören können. Dass Kinder höhere Töne wahrnehmen als Erwachsene, ist wissenschaftlich bewiesen. Laut dem Gerücht haben sich etwa 200 Kinder nach dem Hören der Töne selbst umgebracht, indem sie von hohen Gebäuden sprangen. Eine größere Anzahl von Kindern habe aufgrund heftiger Kopfschmerzen ein irrationales Verhalten aufgewiesen, nachdem sie die Musik in Lavandia hörten. Im Jahr 2010 erschien im Internet ein Video, dass das besagte Musik grafisch darstellt. Gegen Ende des Liedes sieht das Tonschema aus wie mehrere Pokémon des Typs Inkognito. Die bilden die Worte "LEAVE NOW" (zu Deutsch: "Geh jetzt"). Inkognitos sind offiziell erst in Pokémon Goldene Edition/Pokémon Silberne Edition erschienen. Allerdings existiert in den ersten Editionen eine verworfene Datei mit Daten dieses Pokémons. Allerdings hat Nintendo die Melodie in der europäischen und amerikanischen Version angepasst, sodass die hochfrequenten Töne nicht mehr enthalten sind. Seitdem sei es zu keinem Vorfall dieser Art gekommen.

Leckere Pizza

Ein Mann geht in einer Pizzeria um die Ecke essen. Während des Essens beißt er auf etwas, was der Zahnarzt später als Rattenzahn identifiziert. Als die Polizei später die Küche des Lokals durchsucht, finden sie im Kühlhaus haufenweise tiefgekühlte Ratten, die statt Schinken auf der Pizza verarbeitet wurden.

Mae Naak

Mae Naak ist der Geist einer schwangeren Frau, die, als ihr geliebter Mann im Kriegsdienst war, während ihrer Schwangerschaft verstarb. Da sie als böser Geist weiter auf der Erde lebte, tötete sie viele Menschen und befahl den Menschen ihres Dorfes, ihrem Mann nie etwas von ihrem Tod zu berichten. Der Mann aber erkannte nach seiner Heimkunft, dass er mit einem Geist zusammen lebte und vertrieb ihn mit Hilfe eines Mönches. Dem gelang es, denn Geist in einer Flasche zu fangen, die er den nahe gelegenen Fluss hinunter treiben ließ. Die Flasche wurde Monate später von zwei Fischern gefunden, die sie neugierig öffneten. Dem Geist gelang es zu entkommen und Mae Naak tötete die neue Ehefrau ihres Mannes und noch viele andere Frauen. Erst als fromme Mönche ihr versicherten, sie würde im nächsten Leben wieder mit ihrem Mann glücklich vereint sein, hörte das Töten auf. Diese Legende ist in Thailand überall bekannt und wurde bislang mehr als zwanzigmal verfilmt.

Mitternachts-Mutprobe

Version I: Es gab zwei Männer, die sich nicht leiden konnten und die größten Rivalen waren. Eines Tages starb einer und sein Gegner ließ vor Freude über dessen Tod eine Runde in der Bar springen. Wenig später, nach einigen Runden Alkohol, überreden ihn seine Kumpels zu einer Mutprobe: Er soll alleine zum Friedhof gehen, eine Gabel nehmen und sie in das frische Grab seines Erzrivalen stecken. Er geht los und man wartet und wartet, aber er kommt nicht zurück. Seine Kumpels lachen und meinen, dass er es wohl mit der Angst zu tun bekam und weggelaufen sei. Als man am nächsten Morgen zum Grab des Verstorbenen geht, liegt der Mann dort tot mit einem angstverzerrten Gesicht. Er hatte die Gabel mit einem so heftigen Stoß in die Erde gesteckt, dass er nicht merkte, wie sein langer Mantel ebenfalls unter die Gabel gekommen ist. Als er gehen wollte merkte er, wie etwas an seinem Mantel zog. Voller Angst, dass es sein totgeglaubter Rivale sei, der ihn mit in sein stilles Grab zerren wollte, bekam er einen Herzanfall und starb.

Version II: Eine Clique in Berlin hat sich eine Aufnahmeprüfung für jedes neue Mitglied überlegt: Wer bei ihnen dabei sein will, muss um Mitternacht auf den Friedhof gehen und eine Gabel in das Grab eines dort beerdigten Kindermörders stechen. Es heißt, der Geist des Kindermörders würde in der Stadt noch immer umhergehen. Die Gabel im Grab ist für die anderen Jungs am nächsten Morgen der Beweis, dass der Neue wirklich auf dem Friedhof gewesen ist. Ein Junge, der mit seinen Eltern nach Berlin gezogen ist, will der Clique unbedingt beitreten. In einer nebligen Herbstnacht geht er zu dem Grab, steckt die Gabel in die Erde und will schnell weglaufen - doch eine unsichtbare Kraft hält ihn fest. Versucht der Mörder, sich ein weiteres Opfer zu holen? Der Junge bekommt solche Angst, dass er vor Schreck stirbt. Als die anderen ihn am nächsten Tag finden, stellt sich heraus, dass er sich in der Eile mit der Gabel seine Jacke im Boden festgesteckt hat.

Rasierklingen

Version I: Im Rebstockbad in Frankfurt soll jemand Rasierklingen in die Röhrenrutschen gelegt haben und als Folge ist ein Mädchen verblutet, welches von dort runtergerutscht ist.

Version II: Eine Legende besagt, dass in manchen Schulen ein Horror-Süßigkeiten-Automat steht. Dieser scheint auf den ersten Blick ganz normal zu sein, doch die Kinder, die sich dort Süßigkeiten holen, sterben kurz darauf an hohem Blutverlust, da in den Süßigkeiten Rasierklingen versteckt sind. Der Direktor einer Schule, in der ein solcher Automat stand, sah sich die Süßigkeiten etwas genauer an und entdeckte wirklich Rasierklingen, die zwischen den Süßigkeiten verteilt waren. Völlig entrüstet ging er zu dem Verkäufer, der ihm den Automaten verkauft hatte und fragte, warum in den Süßigkeiten Rasierklingen waren. Er meinte, es könnte seine verrückte Frau gewesen sein, die schon viermal in der Physioklinik war, weil sie Kinder umbringen wollte.

<u>Version III:</u> Eine alte Frau verteilte angeblich in New York an Halloween Äpfel, die sie mit Rasierklingen präpariert hatte, an die Kinder.

Am Baum gehängt!

Ein junges Ehepaar befindet sich auf einer Urlaubsfahrt. Sie wollen außerhalb des Touristenstroms bleiben und fahren deshalb durch die jugoslawischen Bergdörfer. Die Straßen sind sehr unübersichtlich und die Häuser der Dörfer stehen sehr eng beieinander. Dann passiert es dem Mann, der am Steuer sitzt, dass ein kleines Mädchen vor sein Auto läuft, er erwischt sie und das Kind bleibt blutüberströmt liegen. Der Mann steigt aus und sagt seiner Frau: „Lauf los und such einen Doktor!" Als die Frau dann nach einer Weile wiederkommt, steht nur noch das Auto da. Auf der Suche nach ihrem Mann läuft sie in Panik durchs Dorf und sieht eine Menschenmenge um einen Baum stehen. Als sie auf die Menschenmenge zuläuft und langsam auf den Baum blickt sieht sie, wie sie ihren Mann an einem

Ast des Baumes erhängt ausbluten lassen.

Sarah O'Bannon

Särge wurden ausgehöhlt gebaut, in denen etwa zwei Meter unter der Erde ein Kupferrohr und am oberen Ende eine Glocke waren. Die Röhre würde den Leuten Luft verschaffen, die irrtümlich für tot erklärt und deshalb auch vergraben wurden. In einer kleinen Ortschaft hörte der dort ansässige Totengräber eines Nachts eine Glocke läuten, woraufhin er sich auf den Weg machte, um zu sehen, ob sich die Kinder wohl einen Streich erlaubten und so taten, als wären sie Gespenster. Manchmal war es auch einfach nur der Wind. Dieses Mal war es keines davon. Es bettelte und flehte eine Stimme von unten, um herausgeholt zu werden. „Sind Sie Sarah O'Bannon?", fragte Harold. „Ja!", behauptete die dumpfe Stimme. „Sie wurden am 17.09.1827 geboren?" „Ja!" „Auf dem Grabstein steht, dass sie am 20.02.1857 starben, ist das richtig?" „Nein, ich lebe, es war ein Missverständnis! Grabt mich heraus, befreit mich!" „Es tut mir leid, Ma'am", sagte Harold, während er die Glocke beruhigte und die Röhre mit Dreck verstopfte. „Aber wir haben August. Was auch immer Sie dort unten machen, Sie dürften zur Hölle gar nicht mehr am Leben sein und Sie werden auch nicht hier raus kommen."

Schlechter Scherz

Während einer längeren Busfahrt haben einige Schüler die Idee, eine Entführung zu simulieren, in dem sie auf ein T-Shirt den Text "Hilfe, wir werden entführt!" schreiben und diesen ans Fenster halten. Dies wird von einer Polizeistreife gesehen. Es entsteht ein Großeinsatz, der schließlich mit der Erschießung des Busfahrers durch einen nervösen Polizisten endet.

Spinnen im Kaugummi

In den Vereinigten Staaten verbreitet sich in den 70er Jahren das Gerücht, dass eine bestimmte Sorte Ballonkaugummis Spinneneier enthalte. Einige Kinder seien, nachdem sie am Abend Kaugummi kauten, am nächsten Morgen über und über von Tieren bedeckt gewesen, die nachts geschlüpft seien. Dem Hersteller des Kaugummis blieb nichts anderes übrig, als eine Anzeigenkampagne für über 100.000 Dollar zu starten, um den Kunden zu versichern, dass sein Erzeugnis rein, bekömmlich und einwandfrei sei.

Überraschung!

In Hongkong ging ein Ehepaar aus England in ein Restaurant, wo es Schwierigkeiten hatte, sich verständlich zu machen. Nur mit Hilfe der Zeichensprache konnte das Essen bestellt werden. Auch der Hund der Eheleute, der ebenfalls Hunger hatte, sollte etwas zu fressen bekommen. Also zeigten sie auf das Tier und anschließend auf den Mund. Man schien sie verstanden zu haben, denn ihr treuer Hausgenosse wurde weggeführt. Einige Stunden später servierte der Ober auf einer zugedeckten Platte den Hauptgang des Abendmenüs. Als es stolz den Deckel hob, lag dort der knusprig gebratene

Hund.

Unfall mit Wildschweinen

<u>Version I:</u> Zwei Leute fuhren mit einem Wagen über eine Landstraße und überfuhren plötzlich ein Wildschwein. Durch den Unfall war der Wagen nicht mehr fahrtüchtig und deswegen lief der eine von beiden zur nächsten Ortschaft, um einen Abschleppdienst zu holen. Der andere wartete währenddessen im Auto. Als derjenige, welcher Hilfe geholt hatte, zurückkam, war der Wagen mitsamt dem Insassen von einer Wildschweinherde zertrampelt worden.

<u>Version II:</u> In einer anderen Version wird von einem Paar auf einem Motorrad erzählt, die einen Unfall mit einem Wildschwein hatte. Die Frau war eingeklemmt und während der Mann auf der Suche nach Hilfe war, kam ein Rudel Wildschweine und von der Frau war nicht mehr viel übrig.

Urlaub mit Folgen

Kleinfamilie: Mutter, Vater und Kleinkind. Die Eltern wollen in den Urlaub fliegen, aber ohne den Kleinen. Also beschließen sie, dass sich die Oma für zwei Wochen das Kind zu sich nimmt. Am Abreisetag wird die Mutter von Minute zu Minute immer nervöser, weil sie und ihr Mann wirklich los müssen, da sie sonst ihren Flieger verpassen. Sie ruft also die Oma auf ihrem Handy an, die gerade mit ihrem Wagen unterwegs zu ihnen ist und fragt, wo sie bleibt. Die Oma versichert ihr, in geraumer Zeit da zu sein.

Sie machen aus, dass die Mutter ihren Sohn in den Kinderstuhl festschnallt, damit er da nicht rausfällt und dann fahren sie los, lassen das Kind alleine im Haus stehen - denn Oma ist ja eh gleich da. Die Eltern sind im Urlaub, haben Spaß und kommen zwei Wochen später zurück. Doch welch schrecklicher Anblick bietet sich ihnen? Der tote Sohn auf dem Stuhl – immer noch festgeschnallt. Es kommt heraus, dass die Oma eine Straße vor dem Haus ihrer Tochter einen Verkehrsunfall hatte und mehrere Wochen im Koma lag. So konnte sie niemandem Bescheid sagen, dass ihr Enkel allein zu Hause ist. Der Sohn musste dann womöglich tagelang festgeschnallt hungern, bevor er starb.

Cloud Nine

In New Jersey wollten 2011 zwei Männer zusammen im Fitnessstudio trainieren. Einer von ihnen, ein Käfigboxer, wollte eine neue Droge namens Cloud Nine ausprobieren. Die beiden nehmen also die Droge und auf einmal meint der eine, dass sein bester Freund der Teufel persönlich sei. Er schnappte sich ein Messer und malträtierte ihn. Der Mann höhlte ihm zuerst die Augen aus, danach schneidet er ihm den Brustkorb auf, reißt dem Freund das Herz heraus und danach auch noch die Zunge aus dem Rachen. Während der ganzen Prozedere war er auch noch nackt. Als die Polizei eintrifft, fanden sie den Mann nackt vor, in einer Blutlache stehend. Den ersten Polizisten fragte der Mann, ob er Gott sei und ob er da wäre, um ihn zu erlösen. Im Anschluss wurde er dem Richter vorgeführt. Der Mörder bekam lebenslänglich und verlor alles. Danach musste er auch noch feststellen, dass der Mann seinen besten Freund umgebracht hatte. Aus Frust und Verzweiflung hat der ehemalige Käfigboxer sich dann im Knast aufgehängt. Ähnliche Fälle über die Droge Cloud Nine, bzw. der Zombie-Droge, sind tatsächlich bekannt.

Anziehungskraft

Riesentrubel in Erfurt: Lange Jahre hat sich die Stadt vergeblich darum bemüht - heute ist es endlich so weit. Die neue, hochmoderne Schrotthalde wird eröffnet. Der Mittelpunkt der Anlage ist ein besonders starker Elektromagnet. Wichtige Vertreter aus Politik und Wirtschaft sind versammelt, lassen mehrere Ansprachen über sich ergehen - dann klettert einer der Arbeiter auf seinen Kran, betätigt ein paar Hebel und setzt so den Magneten in Betrieb. Unter großem Beifall nimmt er sich einiger Schrottautos an. Doch plötzlich bricht Unruhe im Publikum aus. Einer der anwesenden Gäste fällt tot um. Zunächst glauben alle an einen Herzinfarkt. Als sie jedoch den wahren Grund des Unglücks erkennen, bricht Panik aus: Der schon etwas ältere Mann war Gebissträger - die enorme Kraft des Magneten hat dafür gesorgt, dass die metallene Gaumenplatte seiner dritten Zähne nach oben gezogen und in sein Gehirn hineingerissen wurde.

Black Eyed Kids

Sie sehen angeblich wie ganz normale 10 - 14jährige Kinder aus. Die Haut schimmert Oliv und sie haben schwarze Augen, keine Pupille, keine Iris. Die wenigen Leute, die dieses Phänomen erlebt haben, berichten von nervösen Kindern, die in deren Auto oder Haus wollen. Immerzu würden sie "Lasst uns rein" sagen. Doch die Leute berichten von einem ungewöhnlichen Geruch. Zudem hatten sie ein ungutes Gefühl und waren der Überzeugung, wenn sie die Kinder reingelassen hätten, wären sie getötet worden.

Blinder Passagier

<u>Version I:</u> Eine Frau befand sich auf dem Nachhauseweg, als sie plötzlich stoppen musste, weil sich ein großer Ast auf der Straße befand. Sie räumte den Ast beiseite und setzte sich wieder in ihr Auto. Hinter ihr betätigte der folgende Fahrer immer wieder die Lichthupe. Die Frau bekam Angst und drückte aufs Gas. Der Wagen folgte ihr und blinkte immer wieder auf. Die Angst wurde immer beklemmender, da der Verfolger nicht aufgab. Er blinkte immer auf. Die Frau hatte nur noch wenige Meter bis nach Hause. Als sie anhielt, sprang sie aus dem Auto und rannte ins Haus. Der Verfolger hielt auch an, rannte zur Tür und klingelte. Die Frau bat ihn, sie in Ruhe zu lassen. Der Mann informierte sie darüber, dass ein anderer Mann in das Auto der Frau stieg, als sie den Ast zur Seite räumte. Die Frau schenkte ihm keinen Glauben und sie rief ihren Nachbarn, der sofort zu Hilfe eilte. Zu dritt untersuchten sie das Fahrzeug der Frau. Auf dem Rücksitz fand man ein Messer und einen Strick.

<u>Version II:</u> Es war am späten Abend irgendwo in den USA. Eine junge Frau fuhr alleine mit ihrem Wagen die Landstraße entlang, bis sie an einer

Kreuzung halten musste, um nach dem Weg zu fragen. Nach etwa dreißig Minuten weiterer Fahrt merkte sie, dass ihr Tank fast leer war, weshalb sie an einer einsamen Tankstelle hielt, an der das Schild "Wir tanken für Sie!" zu lesen war. Sie stoppte den Wagen und hupte, woraufhin ein etwas unheimlich dreinblickender Tankwart kam. Der Mann stellte sich an die Wagenseite, starrte kurz auf den Rücksitz und betankte das Auto. Anschließend nahm er die Kreditkarte der Frau entgegen und ging damit ins Kassenhaus, kam daraufhin aber schnell zurück. Er erklärte, dass es mit der Kreditkarte ein Problem gäbe und die Frau mitkommen müsse. Im Kassenraum angekommen, flüsterte der Tankwart: „Bleiben sie bitte ganz ruhig!" und schloss dir Tür ab. Von Panik ergriffen, schaute die Frau umher und flüchtete durch die Hintertür und raste davon. Doch der Tankwart fuhr der Frau mit seinem Wagen hinterher und ließ das Fernlicht immer wieder aufblitzen. Nach einigen Minuten der Verfolgung geriet die junge Frau mit ihrem Auto ins Schlingern und stoppte schließlich. Der Tankwart ging daraufhin mit einem Gewehr bewaffnet auf den Wagen der Fahrerin zu, öffnete die Tür zu den hinteren Sitzen und schrie: „Steig aus, oder ich knall dich ab!" Ein in schwarz gekleideter Mann, mit einer Axt, stieg aus und rannte davon. Soweit mir bekannt ist, basiert diese Urban Legende auf einem tatsächlichen Geschehnis aus den 70er Jahren.

Cola und Rockpops

Diese Urban Legende stammt ursprünglich aus den USA. Sehr hartnäckig hält sich auch der Mythos, dass, wenn man "Rockpops" (eine Süßigkeit, die beim Zerkauen "aufspringt") und direkt danach Cola zu sich nimmt, die Mischung im Magen explodieren soll. Eine weitere Variante handelt auch von Menthos und Cola.

Das Geschenk zu Halloween

Bei einer Familie in Oregon war es üblich, dass die 6jährige Tochter ein Geschenk zu Halloween bekam. Eines Tages, kurz vor Halloween, sah das Mädchen eine Puppe in einem Geschäft. Sie wollte unbedingt diese Puppe haben und bekam sie auch. Das Mädchen war überglücklich und spielte nur noch mit ihr. Sie gab ihr den Namen "Wendy". Fast bekam man den Eindruck, dass die beiden Freundinnen waren. Sonst aber war nichts Auffälliges an der Puppe. Dann kam Halloween. Die Kleine sagte schon am Morgen zu ihren Eltern: „Kitty wird sterben!" Das war die Katze, die sie schon seit zwei Jahren hatten. Die Eltern waren natürlich betroffen und fragten, wie sie auf diesen Gedanken kam. Die Antwort: „Wendy hat es gesagt!" Die Eltern nahmen das nicht ernst. Sie schoben es auf kindliche Fantasie. Aber am Nachmittag wurde Kitty überfahren und war sofort tot. Halloween ging vorüber und die Puppe war wieder ganz normal. Doch am nächsten Halloweentag sagte die Kleine: „Wendy hat gesagt, dass Oma sterben wird!" Die Großmutter der Kleinen war 61 Jahre alt und erfreute sich bester Gesundheit. Aber sie starb noch am gleichen Tag. Das wirkliche Unglück passierte aber im Jahr darauf. Das Mädchen kam, um sich zu verabschieden. Die Eltern waren ganz verwundert. Sie fragten, wo sie denn hinginge und bekamen eine seltsame Antwort. Nämlich, dass Wendy sie eingeladen hatte, mit in ihr in die Unterwelt zu kommen. Das nahmen sie aber nun wirklich nicht ernst. Doch das Mädchen verschwand noch am selben Tag und die Puppe war auch unauffindbar. Alles suchen war erfolglos. Am nächsten Halloween war die Puppe plötzlich wieder da. Die Tochter aber nicht. Die Mutter schüttelte sie verzweifelt, nannte sie ein Monster und schrie, wo denn ihr Mädchen sei. „Bei mir!" sagte die Puppe, grinste und verschwand. Diesmal für immer.

Das Glasperlenspiel

Version I: Ein Mann kauft sich ein neues Auto und schon nach wenigen Tagen hört er beim Fahren permanent ein eigenartiges Geräusch vorne am Motor. Er bringt den Wagen zurück zum Händler, wo man allerdings die Ursache des Geräusches nicht herausfinden kann. Der Kunde wird damit getröstet, es könne "nichts Schlimmes" sein. Nach ein paar Tagen ist der Mann wieder da: Das Geräusch gehe ihm derart auf die Nerven, dass man doch nochmals nach dem Fehler suchen solle. Der Autohändler schaltet sich selbst in die Suche ein und kann nichts finden. Um den guten Ruf seines Hauses und der Automarke zu retten, lässt er den Wagen bis zur letzten Schraube zerlegen. Wieder wird nichts gefunden, bis beim zusammensetzen des Wagens plötzlich ein Mechaniker auf die Idee kommt, den Aschenbecher herauszuziehen. Dort findet er des Rätsels Lösung. Die Kinder des Autobesitzers hatten zwei Glasmurmeln hineingelegt, die bei jeder Bewegung aneinanderstießen und klickten.

Version II: In Berlin soll sich vor einiger Zeit folgendes zugetragen haben: Ein Auto gab beim Fahren permanent rasselnde Geräusche von sich. Der Wagen durchlief daraufhin mehrere Werkstätten, die auch alle etwas zu reparieren fanden. Es kostete den Besitzer eine Menge Geld, aber das Rasseln blieb. Mit seinen Nerven am Ende und aus Angst, der Schaden könnte noch größer werden, verkaufte der Mann den Wagen zu einem Spottpreis. Der Neubesitzer startete als erstes eine große Putzaktion und entfernte bei dieser Gelegenheit auch die kleinen Kieselsteine hinter der Radkappe.

Version III: Ein reicher Mann aus der Nähe von Stuttgart erwirbt einen Mercedes der S-Klasse und bringt ihn nach wenigen Stunden wegen eines unausstehlichen Klick-Geräuschs zum Händler zurück. Dieser kann nichts finden. Dasselbe wiederholt sich noch zweimal. Schließlich besteht der Käufer auf Öffnung der hohlraumversiegelten linken Fahrertür. Darin befindet sich eine Colaflasche mit einer Glasmurmel und ein Zettel mit der Aufschrift: „Na, Du Kapitalistenschwein, hast Du mich endlich gefunden!"

Das Hippie-Kindermädchen

Ein junges Paar musste für eine Nacht auf eine neue Babysitterin zurückgreifen, da dessen regelmäßige Babysitterin krank war und sie ins Theater wollten. Die neue wurde ihnen im höchsten Grade empfohlen, aber als das Paar merkte, dass sie ein Hippie war, waren sie zuerst etwas entsetzt. Aber da sie ein junges und tolerantes Paar waren, entschieden sie sich doch ins Theater zu fahren. Jedoch würden sie während der Pausen zu Hause anrufen, ob auch alles in Ordnung sei. Als sie die Babysitterin in einer Pause anriefen, erzählte sie ihnen, dass alles "groovy" wäre und sie sich gerade einen Truthahn stopfen und diesen für ein nettes Abendessen in den Ofen stecken würde. Als das Paar später vom Theater nach Hause kam, waren sie geschockt, als sie die Babysitterin liegend auf dem Flur vorfanden, welche anscheinend vollgestopft mit irgendwelchen Drogen an die Decke starrte. Das Paar geriet in Panik und suchte überall im Haus nach ihrem Baby, bis sie in die Küche kamen und es fanden. Gebraten und schon teilweise gegessen in Folie eingewickelt.

Das Schicksal der Zwillinge

Es war einmal eine Frau, sie hatte Zwillinge. Sie brachte die beiden Mädchen immer selber zur Schule. Doch eines Tages hatte sie keine Zeit und sagte zu den beiden: „Diesmal müsst ihr alleine zur Schule, doch bitte passt an der Straße auf, damit euch niemand überfährt!" Die Mädchen nickten und gingen los. An der Straße schauten sie kurz, ob auch kein Auto kam und gingen rüber. Als sie in der Mitte der Straße waren kam ein Auto und überfuhr sie. Die Mutter trauerte lange, bis sie wieder Kinder bekam. Es waren wieder Zwillinge und noch dazu sahen sie den anderen sehr ähnlich. Die Mutter war überglücklich. Auch wie die anderen beiden brachte sie die Zwillinge zur Schule. Als sie mit ihnen das erste Mal über die Straße ging, nahmen die Mädchen die Hände ihrer Mutter ganz fest in ihre und sagten: „Mama bitte lass uns nicht los! Hier haben sie uns das letzte Mal überfahren!" Diese Legende ist in Spanien sehr bekannt.

Das eingemauerte Kind

Wenn in alten Zeiten eine Stadtmauer oder eine Burg erbaut wurde, war es oft üblich, ein lebendes Kind in die Gemäuer einzumauern. Man glaubte, nur dann sei die Burg für den Feind uneinnehmbar, die Stadt vor Zerstörung durch feindliche Heere geschützt. Auch beim Bau der Burg Reichenfels versuchte der Unmensch von Burgherrn, mit diesem schrecklichen Brauch seine Mauern zu sichern. Als die Ringmauern errichtet wurden, wunderte man sich, dass das zuvor aufgebaute Mauerwerk am Morgen immer wieder eingerissen war. So oft man auch Wächter aufstellte, die Übeltäter ließen sich nicht fassen. Und so glaubte man, dass das nächtliche Zerstörungswerk nicht mit rechten Dingen zuging. Um dies künftig zu verhüten, aber auch um die Mauer uneinnehmbar zu machen, fasste der Burgherr den Entschluss, ein lebendes Kind in die Mauern der Burg einzumauern. Nach langem Suchen fand er dann auch eine Mutter, die bereit war, für etwas Geld ihr Kind an ihn zu verkaufen. Und so führte man die schreckliche Tat aus. Nur einen Wunsch erbat sich noch das arme Kind, man wolle ihm ein kleines Guckloch offen lassen. Kurze Zeit nach der Tat überfiel die Rabenmutter bittere Reue und ihr Gewissen ließ ihr Tag und Nacht keine Ruhe. Da rannte sie sich vor Verzweiflung an den Mauern der Burg den Schädel ein. Noch lange Zeit zeigte man den Stein in der Mauer, der von ihrem Blut gerötet blieb, denn der Blutfleck, ließ sich nicht entfernen. Von diesem Stein erzählt man, dass er nicht entfernt werden dürfe, da sonst die Ringmauer einstürzt.

Der Finstermann

Zwischen Kirchanschöring und Fridolfing (Bayern) führt eine kleine Nebenstraße durch einen ziemlich dichten Wald. Die Straße wurde früher recht oft von Jugendlichen benutzt, die mit dem Rad zu Festen in das Nachbardorf fuhren. Vor einigen Jahren lauerte dort einem, ansonsten ganz und gar nicht ängstlichen Jugendlichen, eine ca. zwei Meter große Gestalt mit leuchtenden roten Augen auf. Die Geschichte sprach sich schnell im ganzen Dorf herum, da man den Jungen, der panisch zurück zum Haus seiner Freundin rannte, mehrere Beruhigungstabletten geben musste. In der Folgezeit wurde dieser sogenannte "Finstermann" immer wieder in diesem Waldstück gesichtet, allerdings nur im Sommer. Seinen Höhepunkt erreichte die Geschichte, als sich eine Gruppe von Teufelsanbetern dort öfters aufhielt. Zumindest wurden über einen kurzen Zeitraum vermummte Gestalten und abgebrannte Kerzenstummel im Wald gefunden. Seit damals gibt es keine erwähnenswerten Geschichten mehr, aber die Angst durch den Wald zu fahren, ist geblieben.

Mord

Ein, des Mordes an seiner Frau angeklagter Mann, wird vor Gericht aus Mangel an Beweisen freigesprochen. Nach Ende des Prozesses gesteht der Freigesprochene seinem Anwalt, der von der Unschuld seines Mandanten überzeugt war, dass er den Mord doch begangen hat. Der Anwalt ist entsetzt und gibt seinem Mandanten den Füller, den er aus Dank als Geschenk bekam, angewidert zurück. Kurz darauf betritt der Mörder einen Aufzug, stürzt dabei - und stirbt auf der Stelle. Die Spitze des Füllers hat sich ihm tief ins Herz gebohrt.

Der Hexenwald

Im Stifter Wald gibt es eine Stelle, wo nur Tannen wachsen. Es ist dort so dunkel, dass man sogar am Tag fast nichts sehen kann. Dieses Waldstück wird von den meisten Menschen auch Hexenwald genannt. Nach der Sage soll eine alte Frau jede Nacht am Rand des Hexenwaldes stehen und unvorsichtige Menschen in dieses Waldstück locken. Die Menschen, die so töricht sind und der alten Frau folgen, werden nie mehr gesehen. Überall im Wald hört man Singvögel zwitschern, aber in diesem Waldstück hört man nichts. Eine bedrückende Stille herrscht in dem Hexenwald.

Der Massenmörder

Ein junges Pärchen ist auf Flitterwochen unterwegs und verfahren sich prompt. Es ist schon Nacht. Schließlich halten sie auf einem Waldparkplatz an, um sich mit Hilfe der Karte besser orientieren zu können. Sie schaltet das Radio ein. Während sie die Karte begutachten, kommt plötzlich eine Sondermeldung: Aus der städtischen Psychiatrie ist ein schwer gestörter Serienmörder ausgebrochen, der in höchstem Grade gefährlich ist. Seine Vorgehensweise war immer die gleiche: In der Dunkelheit lauert er in abgelegenen Gebieten seinen Opfern auf. Besondere Kennzeichen: Anstatt der rechten Hand besitzt er einen dort angebrachten, spitzen Metallhaken. Die Anwohner werden gebeten, ihre Häuser nicht zu verlassen und sich keinesfalls in der Dunkelheit in einsamen Gegenden rumzutreiben. Das Pärchen bekommt es mit der Angst zu tun; als sie schließlich draußen auch noch seltsame Geräusche hören, drückt der Mann einfach aufs Gaspedal und rauscht davon. Nach langem Suchen finden sie schließlich endlich ein Motel. Erleichtert machen sie sich schon darüber lustig, dass sie so große Angst hatten. Doch als sie aussteigen und den Kofferraum öffnen wollen, entdecken sie, dass sich hinten am Auto ein seltsam aussehender Metallhaken befindet, der sich dort anscheinend verkeilt hat; außerdem entdecken sie Blut und seltsame Kratzer im Lack. Als man den Psychopathen schließlich wieder auffindet, bemerken die Polizisten, dass er auf irgendeine Art und Weise seine "Metallhand" verloren hat.

Der Vater und die Puppe

Die Geschichte passierte in den USA in den 70ern. Dort lebte eine glückliche Familie mit einem Kind. Der Vater hatte eine enge Beziehung zu seiner Tochter und liebte sie sehr. Jedoch schlafwandelte er manchmal. Oft wachte der Vater morgens in der Küche oder im Garten auf. Als er eines Nachts auf dem Dach aufwachte, entschieden sie sich, etwas zu unternehmen. Sie suchten Rat bei einer Schlafwandelspezialistin, die ihm jedoch auch nicht helfen konnte. Sie empfiehlt ihnen, dass der Mann ein Glöckchen um den Arm tragen soll und wenn er wieder Schlafwandelt, bemerkt wird. Dies ging auch einige Wochen gut, nur eines Morgens war er verschwunden. Die Frau informierte die Polizei, der Mann jedoch konnte nicht wieder gefunden werden. Als die Mutter voller Trauer zu ihrer Tochter ging und sie über den Vorfall aufklären wollte, lachte das Mädchen nur und sagte: „Papa hat zu mir gesagt, dass er mich nie verlassen wird." Sie deutete auf ihr Puppenhaus, in dem eine Puppe lag, die genauso aussah wie ihr Vater und auch ein kleines Glöckchen um den Arm trug. Die Mutter sah diese Puppe zum ersten Mal.

Der dreibeinige Hund

In manchen Nächten soll in einer Stadt ein großer, dreibeiniger Hund durch die Straßen gewandelt sein. Die Nachtwächter hatten immer das Rathaustor auf seiner Route geöffnet, damit der Hund immer ohne Störungen passieren konnte. Eines Nachts jedoch, als ein junger Nachtwächter, der die Geschichte nicht geglaubt hatte, das Tor nicht geöffnet hatte, erzürnte er den dreibeinigen Hund, so dass dieser mit einem gewaltigem Satz über das Tor sprang, direkt auf den Mann zu. Am nächsten Tag fand man den Nachtwächter bewusstlos auf der Straße liegen.

Der gedeckte Tisch

Man soll einen Tisch kurz vor Mitternacht für mehrere Leute decken. Komplett mit essen und allem, was dazu gehört. Dann soll man laut sagen: „Das hier ist alles für euch! Lasst es euch schmecken!" und dann den Raum verlassen. Das muss unbedingt so sein, sonst geht es einem schlecht. Sobald man die Tür zu dem Raum hinter sich geschlossen hat, geht es auch schon los. Man hört Schritte, Sesselrücken und Gläserklingen. Alles ist so, als ob plötzlich mehrere Leute da wären. Kurz vor eins hört man, wie alle "danke" sagen. Dann kann man den Raum wieder betreten, denn dann sind die Geister weg. Dem, der das tut, winkt keine direkte Belohnung. Aber man erzählt sich, dass derjenige in seinem weiteren Leben nur mehr Glück haben wird. Entstanden soll diese Legende durch einen Mann, dem es sehr schlecht gegangen ist. Er konnte sich nichts zu essen leisten, bis er auf diese Idee gekommen ist. Er hat sich recht fahl mit Kreide das Gesicht geschminkt. Dann soll er in einem fremden Dorf einfach an die nächstbeste Tür geklopft und nach essen verlangt haben. Die Bewohner hielten ihn wirklich für einen Geist und bewirteten ihn mit allem, was gut und teuer war. Das soll er noch ein paar Mal gemacht haben und so soll die Geschichte entstanden sein.

Der kopflose Geist von Berrimas

Berrima ist eine typisch ländliche Stadt in Australien. Hier wurde am 22. Oktober 1842 eine Frau namens Lucretia im Stadtgefängnis gehängt, was den heute berühmten Spuk auslöste. Lucretia, die Pächterin des Dorfgasthofes, beendete ihr Leben am Galgen, weil sie einen ihrer Gäste ermordet und dem Toten 50 Goldstücke gestohlen hatte. Nachdem der Henker seine Arbeit verrichtet hatte, wurde der Kopf des Opfers für wissenschaftliche Zwecke entfernt. Daraufhin soll Lucretias kopfloser Geist um die Pinien vor dem Gebäude geirrt sein. Jahrzehntelang haben Augenzeugen von der Erscheinung berichtet. Doch vor einigen Jahren wurden die Pinien gefällt und der Geist verschwand. Man nahm an, dass die wandernde Seele für immer gegangen sei, aber es wurde berichtet, dass sie Ostern 1961 wieder aufgetaucht sei. Als zwei Jugendliche in der Nähe der Ruine des ehemaligen Gasthofes zelteten, hörten sie, wie jemand schluchzend um Atem rang. Sie erzählten, dass sie bei ihren Nachforschungen Lucretias kopfloses Gespenst umherstreifen sahen. Voller Entsetzen packten die beiden Camper ihre Sachen zusammen und zogen weiter.

Der mysteriöse Rudolph Fentz

Wir schreiben das Jahr 1950: Es ist ein recht warmer Abend und genau 23:15 Uhr, als ein Mann, etwa 25 Jahre alt, mit aufgerissenen Augen am New Yorker Times Square entlang stolpert. Von allen Seiten streifen ihn verwunderte Blicke der vorbeigehenden Passanten, was nicht verwunderlich ist: Der Mann ist gekleidet, als käme er gerade von einer Party, die das Thema "Viktorianisches Zeitalter" trägt. Noch merkwürdiger als seine altertümliche Kleidung ist allerdings seine Herkunft. Keiner der Anwesenden hatte ihn vorher bemerkt. Er schien direkt aus dem Nichts aufgetaucht zu sein. Genau so schnell wie die seltsame Situation begann, fand sie aber auch ihr Ende: Ein Taxi fuhr den Mann an, welcher plötzlich auf die Straße gestolpert war und anschließend seinen Verletzungen starb. Bei einer Untersuchung des merkwürdigen Herrn in der lokalen Leichenhalle begann die Angelegenheit allerdings noch seltsamer zu werden. Polizisten und der Leichenbeschauer entdeckten mehrere alte Dollarnoten, die Ende des 19. Jahrhunderts existiert hatten, einige Pfandmarken, einen Brief der auf das Jahr 1876 datiert war und letztlich ein paar Visitenkarten mit dem Namen Rudolph Fentz und einer entsprechenden Adresse.

Wie sich bei einige Nachforschungen der Polizei herausstellte, handelte es sich bei dem Mann scheinbar tatsächlich um einen gewissen Rudolph Fentz; einem Mann der 1876 spurlos verschwand, nachdem er zu einem kurzen Spaziergang aufgebrochen war. Sowohl das Aussehen als auch die Kleidung sollen eindeutig auf den Unbekannten gepasst haben, der 1950 auf dem New Yorker Times Square aus dem Nichts aufgetaucht war.

Die Anhalterin

Ein Mann fährt auf dem Nachhauseweg an einer jungen Anhalterin vorbei. Da der Mann eine Tochter im gleichen Alter hat, beschließt er, sie mitzunehmen. Die Gefahren des Trampens sind ihm aus den Nachrichten bekannt. Das Mädchen steigt ein und fährt mit. Der Zielort des Mädchens liegt zufällig auf dem Weg des Mannes. Der Mann erklärt dem Mädchen während der Fahrt die Gefahren des Trampens. Kurz vor Mitternacht wird das Mädchen unruhig und fragt, ob sie es noch bis Mitternacht schaffen würden. Der Mann sagte ihr, dass es knapp würde, weil das Wetter es nicht zulässt, schneller zu fahren. Das Mädchen zitterte und der Mann bot ihr seine Jacke an. Sie nahm sie dankend an und zog sie über die Schultern. Plötzlich kurz nach Mitternacht war das Mädchen verschwunden. Der Mann suchte eine logische Erklärung und fuhr die Strecke wieder ab, weil er befürchtete, das Mädchen sei aus dem Auto gesprungen. Nach langem Suchen gab er schließlich auf und fuhr zu der Adresse, die ihm das Mädchen genannt hatte. Als er dort ankam, standen mehrere Familienangehörige vor der Tür und warteten bereits. Der Mann stieg aus seinem Auto und erzählte der Familie von dem Mädchen. Ein Mann trat hervor und weinte. Er sagte: „Machen Sie sich bitte keine Sorgen, dass macht sie jedes Jahr an ihrem Todestag!" Die Jacke fand man später am Grab des Mädchens.

Die Frau im Rollstuhl

Eines Nachts in einer europäischen Großstadt: Eine junge Frau wartet in einer Station auf den Zug. Als dieser in die Station einfährt, wird sie von einem Mann von hinten angerempelt und stürzt vor dem Zug. Der Zug kann nicht mehr rechtzeitig zum Stehen gebracht werden und überrollt die Frau, die beide Beine verliert. Der Mann wird kurze Zeit später gefasst und wegen schwerer Körperverletzung zu einer mehrjährigen Haftstrafe verurteilt. Kurz vor Ende der Haftstrafe besucht die im Rollstuhl sitzende Frau den Täter im Gefängnis und gesteht ihm, dass sie an einer seltenen Krankheit leidet, wegen der sie seit Kindertagen ihre Beine als nicht zu ihr gehörend empfand. Sie hatte sich wenige Tage, bevor der Täter sie vor dem Zug stieß, dazu entschlossen, eine illegale Amputation im Ausland durchführen zu lassen. Es gibt tatsächlich solche Menschen, die keine Arme oder Beine haben wollen.

Die Hand unter dem Bett

Eine Frau lebt alleine in ihrem Haus. Es ist schon spät und will sich langsam schlafen legen. Als sie das Radio abdreht, sieht sie unter ihrem Bett eine Hand hervorschauen. Geistesgegenwärtig geht sie hinunter ins Bad, schließt ab und betätigt die Dusche, so dass es aussieht, als würde sie duschen gehen. Indessen quetscht sie sich aus dem Fenster im Badezimmer und läuft zur Polizei. Später hat sich dann herausgestellt, dass der Kerl ein gesuchter Vergewaltiger ist.

Der Gestank

Ein Mann und seine Frau fuhren nach Las Vegas. Als sie in ihrem Hotelzimmer ankamen, wurden sie von einem sehr extremen Gestank überwältigt. Sie beschwerten sich am Hoteleingang über diesen fürchterlichen Gestank und gingen in die Kasinos, um sich dem Glücksspiel zu widmen, während die Arbeiter im Hotel sich um das Problem im Zimmer kümmerten. Als sie später zum Zimmer zurückgingen, wurde der Gestank durch den starken Geruch der chemischen Reinigungsmittel ersetzt. Gestört aber erfüllt, dass es besser als vorher war, gingen sie schlafen. Früh am Morgen wachten sie durch den wieder zurückgekehrten, fürchterlichen Gestank auf. Der Mann rief den Manager und verlangte verärgert ein neues Hotelzimmer. Während die Frau ihre Sachen packte, nahm der Mann die Lacken vom Bett, da der Gestank anscheinend daher kam. Er sah, dass die Matratze aufgeschnitten worden war und sich im Inneren eine verweste Leiche befand.

Die Spinne in der Yucca-Palme

Version I: Eine ältere Dame hatte sich eine Yucca-

Palme gekauft. Jedes Mal, wenn sie diese goss, hörte sie eine Art piepen. Da ihr das seltsam vorkam, hat sie in der Gärtnerei angerufen, in der sie die Palme gekauft hatte. Aber der Gärtner konnte ihr nicht helfen. Dann hat sie beim Gartenamt angerufen und die Leute meinten, dass sie die Blume nicht weiter gießen solle - und dass sie vom Gartenamt sofort vorbeikommen würden. Bei der älteren Dame angekommen, wurde die Palme sofort auseinandergenommen. Und dann sahen sie den Übeltäter: An den Wurzeln saß eine riesengroße Spinne. Und die hatte wohl jedes Mal, wenn die Palme gegossen wurde "gequietscht".

<u>Version II:</u> Eine Familie kommt aus dem Urlaub zurück und bringt eine kleine Yucca-Palme mit. Die wird in das Schlafzimmer der Eltern gestellt. Doch schon passiert etwas Merkwürdiges: Immer, wenn jemand die besagte Pflanze gießt, ertönen höchst merkwürdige Geräusche aus der Palme. Noch nichts spektakuläres, doch eines Nachts sitzt eine riesige Spinne auf dem Bett der Eltern. Diese springen natürlich schreiend auf, rennen aus dem Schlafzimmer und rufen den Kammerjäger. Nachdem Dieser das Haus mehrere Stunden observiert hat, wendet er sich an die Familie und sagt: „Die Spinne war höchst giftig und ist nicht hier heimisch. In der Palme hab ich ein größeres Nest der Spinne gefunden und darin lagen mehrere kleine Spinneneier".

Die Zahl 129

Es passiert alle 129 Jahre.

1789 - Französische Revolution, 1918 - Deutsche

Revolution (129 Jahre später)

1804 - Napoleon kommt an die Macht, 1933 - Hitler kommt an die Macht (129 Jahre später)

1809 - Napoleon nach Schlacht in Wien, 1938 - Hitler nach Einmarsch in Wien (129 Jahre später)

1812 - Napoleon gegen Russland, 1941- Hitler gegen Russland (129 Jahre später)

1814 - Ende der Herrschaft Napoleons, 1943 - Hitlers Macht gebrochen (129 Jahre später)

Dies sind alles Tatsachen, die doch in ihrem ganzen Zusammenhang sehr unwahrscheinlich scheinen. Da fragt man sich doch wirklich, ob das noch Zufall sein kann.

Die grausige Diskobekanntschaft

Auf einer wilden Party in einer Diskothek lernt eine junge Frau einen charmanten und ebenso gutaussehenden Mann kennen. Sofort merken sie, dass sie auf einer Wellenlänge liegen. Sie unterhielten sich zunächst, tanzten bis ihnen die Beine schmerzten und knutschten auf einer engen Toilette. Als sich der Abend langsam dem Ende zuneigt, fragte der Fremde die junge Frau, ob sie ihn nicht nach Hause begleiten wolle. Diese lehnte allerdings ab, da sie mit ihren Freundinnen in die Diskothek gekommen war und zudem die Fahrerin sei. Nach einigen Tagen, sie hatte die Diskobekanntschaft schon fast vergessen, bildete sich bei der jungen Dame ein seltsamer und äußerst ekliger Ausschlag. Aus Sorge, dass dieser schlimmer sein könnte, als es aussah, ging sie zu einem Arzt und vertraute sich diesem an. Dieser untersuchte sie und gab ihr einige Medikamente mit, die ihr helfen sollten. Nach einiger Zeit klingelte es schließlich an der Tür. Die Frau öffnete und fand zwei Polizisten vor, die sich mit ihr unterhalten wollten. Wie sie von ihnen erfuhr, handelte es sich bei ihrem Ausschlag um Leichenfäule. Der Mann, mit dem sie sich auf der Diskothek getroffen hatte, hätte sie übertragen: Er war ein Mörder und Nekrophiler, in dessen Keller man die Leichen zweier Frauen vorgefunden hatte.

Dunkle Weihnachten

Es war zwischen den Jahren 1967 und 1968. Weihnachten stand vor der Tür. Alle Häuser waren mit bunten Lichterketten geschmückt und der Schnee bedeckte die ganze Landschaft. An Heiligabend bereitete die Mutter alles für das Fest am Abend vor. Ihre Tochter freute sich schon ganz besonders auf das Weihnachtsfest. Der Vater musste an diesem Tag jedoch arbeiten. Er versprach, am frühen Abend zurück zu sein und ging auf die Arbeit. Am Abend war alles fertig, das Essen war gekocht und das Fest konnte beginnen. Der Ehemann musste jeden Moment hereinkommen. Frau und Tochter warteten im Wohnzimmer. Es vergingen Minuten und sogar Stunden, der Mann war immer noch nicht da. Ein Anruf auf der Arbeit bestätigte, dass er längst auf dem Heimweg sei. Die Laune von beiden sank immer tiefer. Die Frau machte sich Sorgen und fing an, unruhig zu werden. Mittlerweile war es mitten in der Nacht und es gab keine Spur und keinen Anruf von ihrem Mann. Sie konnte sich auch nicht vorstellen, dass er sie und ihre Tochter verlassen habe, da er keinen Grund dazu gehabt hätte. Außerdem war doch Weihnachten. Am nächsten Morgen wachte sie im Wohnzimmer auf und dachte zuerst, sie habe schlecht geträumt. Doch als sie nach ihrem Mann rief, bekam sie keine Antwort und als sie ins leere Schlafzimmer blickte, kamen ihr die Tränen und sie weinte. Sie begann verzweifelt nach ihm zu suchen. Sie rief die Polizei, Freunde und Verwandte an, doch er blieb verschwunden. Sie wusste keine Antworten mehr auf die Fragen der Tochter. Das Neujahrsfest ging gleichgültig an ihnen vorüber. Die Verzweiflung und die Trauer wurden immer größer. Aus Tagen wurden Wochen, aus Wochen sogar Monate. Der Mann war verschwunden. Kein Zeichen. Keine Spur. Er war einfach nur fort. Seine Frau kam keine Sekunde zur Ruhe. Sie wollte Gewissheit, egal was geschehen war. Doch auch die Polizei konnte immer noch nichts herausfinden. Mittlerweile waren drei Monate seit seinem Verschwinden vergangen. Die Frau und die Tochter mussten es hinnehmen, wie es war. Eines Abends saßen beide im Wohnzimmer, als die Frau plötzlich einen merkwürdigen Geruch wahrnahm. Er war nur ganz leicht, aber stank nach irgendetwas Verfaultem. Einige Tage später wurde der Gestank immer fürchterlicher und unangenehmer. Sie beauftragte eine Reinigungsfirma, die die Wohnung desinfizierte. Der Gestank war weg. Es dauerte nur zwei Tage und der üble Gestank kam wieder. Innerhalb von wenigen Stunden war es nicht mehr auszuhalten und sie musste sich fast übergeben. Sie rief erneut einen Fachmann. Der Reiniger hielt sich die Nase zu und ging ins Wohnzimmer. Er sagte, dass irgendetwas verwest sein müsse. Er stellte fest, dass der Gestank aus dem Kamin kam. Er schaute hinein und entdeckte irgendetwas. Ohne zu zögern rief er die Feuerwehr. Diese rückte sofort mit einem Fahrzeug an und zwei Feuerwehrmänner kletterten über die Leiter zum Schornstein. „Da hängt tatsächlich was!", rief einer der beiden. „Wir haben es!" Die Frau schaute gespannt aufs Dach zu den Männern. Plötzlich zogen sie etwas aus dem Schornstein. Es war ganz verfault und stank wirklich unfassbar. Angewidert ließen die beiden Feuerwehrmänner es fallen und es knallte mitten in die Auffahrt. Die Frau hielt ihre Hand vor den Mund und sank kreischend und weinend zu Boden: Das Etwas aus dem Kamin trug ein Weihnachtsmannkostüm, einen Sack voller Geschenke und es war tatsächlich ihr Mann! Bis zur Unkenntlichkeit verwest! Er wollte seine Familie am Weihnachtsabend überraschen und stieg im Weihnachtsmannkostüm mit Geschenken in den Schornstein, um seiner Tochter eine Freude zu machen. Er rutschte ab und brach sich das Genick. Etwas ähnliches passierte in Mexico. Die verweste Leiche des Familienvaters lag zwanzig Jahre lang in dem Schornstein.

Ekliger Briefumschlag

Eine junge Frau, die in einer Poststelle in Kalifornien arbeitete, musste jeden Tag dutzende Umschläge für Briefe und Postsendungen anfeuchten und schließen. An einem Tag jedoch nutze sie statt eines kleinen Schwämmchens ihre Zunge und leckte die Klebestreifen an. Hierbei schnitt sie sich allerdings bei einem Brief unglücklich in die Zunge, die nach einigen Tagen stark anschwoll, woraufhin die Frau einen Arzt aufsuchte. Der Arzt konnte allerdings nichts Ungewöhnliches feststellen und schickte die Postbeamtin wieder nach Hause. Doch nach einigen Tagen war die Schwellung an der Zunge so verheerend und derartig ausgeprägt, dass die Frau nicht mehr essen und richtig sprechen konnte. Erneut suchte die Frau den Arzt auf, der sie diesmal genauer untersuchte und eine Art Geschwulst feststellte, die sich im Zungeninneren befand. Er bereitete einen Eingriff vor um diese zu entfernen und schnitt der Frau die Zunge auf. Zum Vorschein, so unglaublich es auch klingt, kam eine lebende Kakerlake, die aus der Wunde krabbelte und zu entfliehen versuchte. Wie anzunehmen ist, befanden sich auf dem Umschlug Kakerlakeneier, welche die Postbeamtin abgeleckt hatte. Eines der Eier hatte sich in der heilenden Wunde eingenistet und konnte sich aufgrund der feuchten und warmen Umgebung gut entwickeln.

Fußspuren im Mehl

Ein junges, frisch verheiratetes Paar hatte sich nach langer Überlegung ein Haus gekauft. Nach mehreren Wochen kam es des Öfteren vor, dass die beiden nachts das Weinen und Jammern eines Kindes hörten. Die junge Braut bekam davon Angst und flehte ihren Mann an, etwas dagegen zu tun. Dieser rief einen Fachmann für Geister und überirdische Erscheinungen, welcher die Quelle der Aktivitäten auf dem Dachboden lokalisierte. Dort streute er Mehl aus, was dem Paar zunächst merkwürdig erschien und konnte nach einer Nacht Fußspuren und Bluttropfen im Mehl entdecken. So durchsuchte die Polizei das gesamte Haus. Das Paar zog sofort aus, denn im Keller lag eine Kinderleiche, die offenbar erst 2 Wochen alt war.

Gefährliches Spiel

Ein strahlender Herbsttag in Essen. Ein junger Vater geht mit seinem kleinen Sohn spazieren und tobt mit ihm herum. Irgendwann nimmt er aus Spaß den Kopf des Kleinen zwischen seine Hände, hebt ihn hoch - und bricht ihm aus Versehen das Genick. Vor Entsetzen beginnt der Vater zu schreien. Seine Frau und ein weiterer Sohn hören das und kommen angerannt. Als sie den toten Jungen sehen, können sie nicht glauben, was passiert sein soll. Darauf beschließt der Vater, es zu zeigen: Er nimmt den Kopf des zweiten Sohnes zwischen die Hände, hebt ihn hoch und - tötet auch ihn.

Geisterhaftes Mädchen

Als ein Mann am späten Abend nach Hause fuhr, ahnte er nichts Böses. Doch wie aus dem Nichts erschien plötzlich ein kleines Mädchen mit einem weißen Nachthemd auf der Straße und deutete stumm auf den Wald. Der Mann reagierte schnell und bremste ab, doch als er anhielt, um nach dem Mädchen zu sehen, war diese spurlos verschwunden. Er suchte weiter nach ihr und alarmierte schließlich die Polizei. Die herbeigerufene Polizei befragte den Mann und sie suchten anschließend das Waldstück ab. Dort fanden sie die letzten Überreste eines vor 10 Jahren verschwundenen Mädchens. Das Skelett konnte mit einem alten Entführungsfall vor zehn Jahren in Verbindung gebracht werden. Durch DNA konnte man die Identität der Verstorbenen feststellen. Als das Mädchen verschwand, trug sie ein weißes Nachthemd, das sie als Skelett noch trug.

Herobrine

Dieser Mythos besagt, dass in Minecraft ein nicht spielbarer Charakter namens Herobrine existiert. Einige behaupten, er wird vom Geist eines verstorbenen Minenarbeiters gesteuert. Andere Quellen besagen, dass es sich hierbei um den verstorbenen Bruder vom Minecraft-Schöpfer handelt. Sein Äußeres ähnelt dabei dem eigenen Charakter, jedoch hat Herobrine komplett weiße Augen. Es gibt mehrere Theorien zum Verhalten zu Herobrine. Diese unterscheiden sich stark. Ob er friedlich ist oder dem Spieler schaden will, ist umstritten. Herobrines erster Auftritt wurde von einem Spieler mit einem Bild und der dazugehörigen Geschichte dokumentiert. Beides veröffentlichte er in den Minecraft Forum, wobei dem Thema nicht viel Beachtung geschenkt wurde. Erst als Herobrine in zwei unterschiedlichen Livestreams auftauche, wurden die Spieler auf die mysteriöse Gestalt aufmerksam. Einer dieser Livestreams brach nach dem Treffen auf Herobrine ab. Die Zuschauer wurden auf eine Seite weitergeleitet, auf der neben einem Herobrine-Gesicht ein verschlüsselter Text zu finden war.

Das Drogenbaby

Auf einem Linienflug von Bogota, Kolumbien nach New York hatte eine junge Stewardess ihren ersten Arbeitstag. Etwas nervös machte sie ihren Routinegang durch die Kabine der zweiten Klasse. Hierbei entdeckte die Stewardess eine Mutter, welche in ihren Armen einen Säugling hielt. Die Stewardess wusste nicht wieso, aber ihr kam daran etwas äußerst seltsam vor; jedoch verdrängte sie vorerst dieses Gefühl und dachte sich, dass es nur an ihrer Nervosität liege. Nach einer halben Stunde begab sich die Flugbegleiterin, zusammen mit einer Kollegin, erneut auf einen Gang durch das Flugzeug, wobei der jungen Frau erneut die Mutter mit dem Kind ins Auge fiel. Doch nun erkannte die Stewardess, was ihr seltsam vorgekommen war. Die ganze Zeit über hatte das Baby nicht ein einziges Mal geschrien oder geweint und teilte ihre Überlegung einer Kollegin mit. Zusammen mit dieser begab sie sich an den Platz der Mutter, und fühlte die Stirn des Babys - diese war kalt - und die Haut des Säuglings war blass. Umgehend erfragte eine Stewardess über die Bordsprechanlage ob ein Arzt im Flugzeug sei, woraufhin sich ein Allgemeinmediziner meldete und das Kind untersuchte. In dieser Zeit versuchte die aufmerksame Flugbegleiterin die Mutter wach zu rütteln, doch diese rührte sich nicht - genau wie ihr Kind. Der herbei geeilte Arzt stellte fest, dass das Kind tot war - aber dieses schon seit längerem. Denn der kleine Leichnam war einbalsamiert und innerlich ausgehöhlt gewesen. Im Inneren des Kindes befanden sich kleine Päckchen, gefüllt mit Drogen. Die mutmaßliche Mutter des Kindes war auch tot, doch sie war erst während des Fluges dahin geschieden. Um Drogen in die USA zu schmuggeln, hatte sie kleine Beutel mit Heroin geschluckt, von welchen jedoch einige in ihrem Magen geplatzt waren - dieses war später bei einer Obduktion festgestellt worden.

Hol ihn unters Dach

Bei den Aufnahmen von Pink Floyds "The Wall"

1979 war ein deutscher Tontechniker namens Peter Fischer beteiligt. Dieser mischte die Platte alleine in einer Nacht ab. Anschließend war er verschwunden und man fand ihn einige Tage später tot auf. Er hatte sich auf dem Dachboden des Studios erhängt. Nun war Roger Waters eine Veränderung in dem Text des Liedes "Another brick in the wall" aufgefallen, die man nur diesem Tontechniker zuschreiben konnte. Der Text des Kinderchors wich vom Original ab. An der Stelle "All in all it's just another brick in the wall" waren ganz deutlich die deutschen Worte "Hol ihn, hol ihn unters Dach" zu hören. Weitere Recherchen ergaben, dass dieser Tontechniker in einem Waisenhaus aufgewachsen war, wo er schwer misshandelt und regelmäßig auf dem Dachboden eingesperrt wurde. Aus Pietätsgründen änderten die Musiker diese Stelle nicht und so kommt es, dass bis heute in "The Wall" die Stelle "Hol ihn, hol ihn unters Dach" zu hören ist. "All in all it's just an... Hol ihn, hol ihn unters Dach."

Kartenspieler

In einer Gaststätte spielten einmal drei leidenschaftliche Kartenspieler um viel Geld. Am späten Abend kam ein gutgekleideter Herr herein und setzte sich zu den drei Spielern an den Tisch. Schon bald ließ man ihn mitspielen. Der Gast, der anfangs ein Geldstück nach dem anderen verlor, fing nach einer halben Stunde an zu gewinnen und gewann den Spielern die ganze Barschaft ab, sodass diese sich sogar beim Wirt noch Geld leihen mussten. Als die Standuhr die Mitternachtsstunde schlug, fiel einem der drei Spieler eine Karte zu Boden. Er bückte sich, um sie aufzuheben und bemerkte zu seinem Schrecken, dass der geheimnisvolle Fremde einen Pferdefuß hatte. Vor Entsetzen und Schrecken wurde er kreidebleich, warf die Karten in eine Ecke, bekreuzigte sich und wollte aufspringen, um davonzulaufen, jedoch war er an seinem Stuhl gebannt. Als der unheimliche Fremde das Kreuzeszeichen des Mitspielers sah, stieß er ein fürchterliches Geheul aus und entfloh durch das offenstehende Oberlicht, einen schwefligen Gestank hinterlassend. Die drei Spieler aber sollen von dieser Stunde an keine Karten mehr angerührt haben. Vom "Leibhaftigen" wird in der Teufelssage berichtet, dass er oft unvermutet und unerkannt in eine Schenke kam und sich gerne zu leidenschaftlichen Kartenspielern an den Tisch setzte, um mitzuspielen.

Lebendig begraben

Tag einer Beerdigung. Eine Frau wird beigesetzt. Die Beerdigung verläuft ruhig, nachdem der Sarg in der Erde ist und das Grab bereitet wurde, passieren jedoch merkwürdige Dinge. Man hört Klopfgeräusche und Schreie. Am nächsten Tag will man diesen Dingen nachgehen und hebt das Grab wieder aus. Der Sarg wird geöffnet und was man dann sieht macht alle sprachlos. Die Frau liegt auf dem Bauch, das Innenfutter ist total zerrissen. Vermutungen werden angestellt, nach denen die Frau bei ihrer Beerdigung lebendig begraben wurde.

Der ewige Student

Vor allem in den Gebäuden für Geisteswissenschaften der Ruhr-Universität Bochum soll morgens, wenn die ersten Studenten, Wissenschaftler und Mitarbeiter ihre Fachbereiche betreten, hin und wieder eine Gestalt durch die Flure und Treppenhäuser huschen, die, kaum dass man sie bemerkt, den Blicken schon wieder entschwunden ist. Es ist der ewige Student, der angeblich schon seit Beginn der Lehrtätigkeit an dieser Hochschule, also seit Mitte der 60er Jahre, hier studiert. Mehr als zehn Jahre schon schreibt er an seiner Doktorarbeit, die aber niemals vollendet werden kann, da er den Ehrgeiz hat, eine "perfekte Dissertation" abzuliefern und jede neue Fachveröffentlichung, die sein Thema berührt, in sein Werk aufzunehmen. Seit Jahren aber ist stets, kurz bevor der ewige Student sein Werk vollendet zu haben glaubte, ein wissenschaftlicher Bericht veröffentlicht worden, den er noch unbedingt in seiner Doktorarbeit berücksichtigen wollte, so dass sein Forschungsabschluss immer wieder hinausgeschoben wird. Da dem ewigen Studenten über seinem Werk das Geld ausgegangen ist und er täglich von morgens bis abends in den Bibliotheken sitzt und forscht, wurde ihm schon vor Jahren seine Wohnung gekündigt. Er übernachtet in Fachschaftsräumen, unverschlossenen Bürozimmern und in verborgenen Kellernischen. Seinen geringen persönlichen Besitz verbirgt er tagsüber irgendwo in einem Schließfach der Universität. Stets fürchtet der ewige Student, morgens von zu früh eintreffenden Angestellten, abends von den Putzfrauen oder vom Hausmeister entdeckt zu werden. Erst ab ca. 8.30 Uhr, wenn der Lehrbetrieb allmählich beginnt, fühlt er sich sicher, denn dann kann er nicht mehr auffallen. Man sagt, der ewige Student habe sehr lange Haare, trage ungepflegte Kleidung sowie eine Nickelbrille, und es rieche in seiner Nähe ein wenig mufflig; wirklich gesehen hat ihn wohl noch niemand.

Rauchen gefährdet die Gesundheit

Version I: Renovierungsarbeiten auf dem Kasernen-Klo. Die Maler sind fertig, kippen die übrig gebliebenen Materialien ins Klo und beenden ihre Arbeit. Kurze Zeit später kommt der erste Soldat herein, um sein Geschäft zu verrichten. Um dieses gemütlicher zu machen, zündet er sich eine Zigarette an. Als er fertig geraucht hat, wirft er die Zigarette zwischen seinen Beinen ins Klo, in dem gerade erst die Materialien für die Renovierungsarbeiten hinein geschüttet worden sind. Die Folge: Eine Stichflamme. Der Soldat verbrennt sich seinen Allerwertesten und noch andere diverse Teile. Die Sanitäter kommen, laden ihn auf eine Bahre und bringen ihn zum Rettungswagen. Auf dem Weg dorthin fragt einer der beiden Sanitäter, was ihm denn passiert wäre. Der arme Soldat erzählt es ihnen, daraufhin können sich die beiden Sanitäter kaum mehr halten vor Lachen und lassen die Trage fallen - unser Held fällt so ungeschickt, dass er sich dabei den Arm bricht.

Version II: Ein Mann versuchte seit längerer Zeit vergeblich, mit dem Rauchen aufzuhören. Eines Abends frönte er wirklich zum letzten Mal seiner Angewohnheit, denn als er die Kippe in die Kloschüssel warf, explodierte diese und verletzte den Mann an wesentlichen Teilen. Seine Frau hatte nämlich kurz vorher Benzin in die Toilette gekippt. Die Sanitäter kamen, legten ihn auf die Trage und wollten ihn die Treppe runter tragen. In diesem Moment erzählte die Frau, wie es zu dem Unfall gekommen war - worüber die Sanitäter so lachen mussten, dass ihr Patient von der Trage fiel und sich einen Arm brach. Im Krankenhaus gab er dann tatsächlich das Rauchen auf!

Schlankheitskapseln

In Amerika waren eine ganze Zeit lang spezielle Diät-Pillen groß im Rennen. Eine Firma machte viel Geld damit, verkaufte Unmengen dieser Wunderpillen, da sie schon nach kurzer Zeit wirkten und man nach und nach ohne Probleme abnahm. Zudem konnte man essen so viel man wollte, man nahm nicht mehr weiter zu. Irgendwann aber häuften sich die Todesfälle bzw. Erkrankungen, welche durch Bandwürmer hervorgerufen wurden. Alle Patienten gaben das Gleiche an: „Ich nehme regelmäßig meine Diät-Pillen, aber seit einiger Zeit geht es mir schlecht." Sie klagten über permanenten Hunger, weiterem Gewichtsverlust, obwohl sie schon längst unter ihrem Wunschgewicht waren und des Öfteren auch mit Schmerzen im Magen-Darm-Bereich. Die Pillen wurden daraufhin untersucht und heraus kam, dass jede einzelne von ihnen einen kleinen Bandwurmkopf beinhaltete. Bandwürmer können geköpft und getrocknet werden, sobald sie dann mit Feuchtigkeit und Wärme in Berührung kommen, werden sie wieder lebendig und bilden nach und nach wieder einen Körper, welcher immer länger wird. Die Magensäure schafft es nicht, sie aufzulösen. Die Firma wurde verklagt und durfte das Produkt dementsprechend nie wieder vermarkten, geschweige denn herstellen.

Spinnen im Ohr

Regelmäßig machte eine junge Frau aus München am Wochenende Ausflüge mit ihrem Motorrad, welche sie von ihrem Onkel geerbt hatte. Da die Motorradfahrerin jedoch keine richtige Garage besaß, lagerte sie ihre Maschine samt Aufrüstung, bei einem befreundeten Bauern in einer alten Scheune. Wieder einmal war das Wochenende gekommen und die junge Frau zog ihre Bikerjacke an, setzte den Helm auf und fuhr dann los. Während der Fahrt spürte die Fahrerin ein seltsames Kratzen am Ohr und dann ein schreckliches Stechen, welches jedoch nach einigen Minuten wieder abklang. In den darauf folgenden Tagen hatte die junge Frau regelmäßig starke Kopfschmerzen und ein Kratzen im Ohr, weshalb sie nach etwa einer Woche einen Arzt aufsuchte. Dieser untersuchte das Ohr der Patientin und erschrak, als er plötzlich eine Spinne im Ohr der Frau vorfand - per Ohrenspülung schwemmte der Mediziner das Tier jedoch aus seiner neuen Behausung. Diese Geschichte klingt ziemlich absurd, basiert jedoch auf wahren Begebenheiten.

Stimmen aus dem Wasserkessel

Angeblich hat ein Mann vor vergangener Zeit mal behauptet, Stimmen zu hören, die in einer ihm unbekannten Sprache sprechen. Und zwar immer, wenn er seinen Wasserkessel auf den Herd setzt. Er wurde in die Psychiatrie eingewiesen, bis ein Physiker dieses Phänomen mit seinem Wasserkessel ausprobierte - er hatte mit dem Herd einen Mittelwellenempfänger und hörte Radio.

Weinender Junge

Um 1985 wurden eine Reihe geheimnisvoller Hausbrände gemeldet, bei denen alles verbrannt sei, bis auf das Gemälde "Der weinende Junge". Dieses blieb unbeschadet. In den Jahren, die folgten, wurden ca. 40-50 Fälle notiert, in denen ein Hausbrand alles außer der Abbildung zerstört hatte. Das Phänomen wurde als der "Fluch des weinenden Jungen" bekannt und machte Schlagzeilen. Die Abbildung selbst war ein Portrait, das von einem spanischen Künstler gemalt wurde. Es wird gesagt, dass sein Studio niederbrannte und der Junge später in einem Autounfall getötet wurde. Dieses Gemälde war eines der ersten, welches in Massenproduktion gedruckt wurde, aber der Fluch scheint sich auch auf alle Kopien auszudehnen, welche weltweit kursieren.

Todsicherer Selbstmord

John Smith war ein echter Pechvogel. Erst vor kurzem war er von seiner Frau verlassen, anschließend ausgeraubt und letztlich gekündigt worden. Auch seine zwei Kinder wollten von ihrem alten Herrn nichts mehr wissen und mieden jeden Kontakt mit ihm. Aufgrund seines, wie John meinte, beschissenen Lebens entschloss er sich, Suizid zu begehen - er habe schließlich nichts zu verlieren. Da er allerdings von seinem steten Unglück überzeugt war, wollte er bei seinem Selbstmord auf Nummer sicher gehen und plante alles genau: Er band sich an einen schweren Stein, mit dem er sich von einer Klippe stürzen wollte, kaufte extra eine Pistole um sich während des Falls zu erschießen und schluckte darüber hinaus eine ganze Packung Schlaftabletten und trank eine halbe Flasche Whisky. Als John jedoch letztlich von der Klippe springen wollte, kam alles anders als geplant: Durch den Whisky war er derart desorientiert, dass er den eigentlichen Abhang verpasste und stattdessen seitlich die Böschung zum Meer hinunter kullerte. Aus seiner Pistole löste sich beim Sturz ein Schuss, der das Seil zum Stein durchtrennte und ihm so von einem möglichen Ertrinken rettete. Unten angekommen war John so schlecht, dass er sich prompt übergab und die Schlaftabletten samt Whisky heraus würgte. Eine Woche später gewann John Smith 1.000.000 Dollar im Lotto.

Babysitter

Eine junge Studentin wollte sich in ihren Semesterferien etwa dazuverdienen. Sie registrierte sich bei einer Agentur für Babysitter und bekam schon am nächsten Abend ihre erste Arbeit zugeteilt. Ein Ehepaar unweit ihrer Wohnung, hatte sie angefordert, um für einige Stunden die Kinder zu hüten, während die beiden seit langer Zeit mal wieder gemeinsam ausgingen. Der Abend begann sehr ruhig. Die Studentin spielte mit den Kindern und brachte sie anschließend ohne große Mühe ins Bett. Daraufhin legte sie sich auf die Couch und schaute etwas fern - bis plötzlich das Telefon klingelte. Der Babysitter hob ab und fragte, wer da sei. Doch am anderen Ende meldete sich niemand. Nur ein leises Stöhnen war zu hören. Ohne weiter darüber nachzudenken, legte die junge Frau auf und begab sich wieder auf die Couch. Wenige Minuten später klingelte das Telefon wieder. Erneut war nur das leise

Stöhnen zu hören, weshalb der Babysitter auflegte und den Notruf wählte. Die Frau der Notrufstelle sagte ihr, dass sie ruhig bleiben soll und man ihr eine Streife vorbeischicken würde. Kurze Zeit darauf läutete es wieder. Erneut nahm die junge Studentin ab. Doch diesmal hörte sie eine leise Stimme am Ende der Leitung. Diese sagte: „Willst du denn nicht schauen, ob es den Kindern gut geht?" Die junge Frau bekam einen großen Schreck und stürmte sofort nach oben, wo sie die beiden Kinder ermordet in ihren Betten vorfand. Wie sie von der Polizei erfuhr, die anschließend eintraf, handelte es sich bei dem Anruf um einen entflohenen Psychopathen, der in dieser Nacht noch einige weitere Kinder getötet haben soll.

Verstrahltes Brennholz

Eine Familie aus dem Bezirk Freistadt kaufte für den Winter in Tschechien Brennholz und legte es in den Garten neben dem eigenen Holz. Im schneereichen Winter war das heimische Holz stets mit einer Schneehaube bedeckt. Auf dem Stapel mit dem, aus Tschechien gekauften Holz allerdings blieb der Schnee nicht liegen. Das machte den Familienvater stutzig. Der Diplomingenieur machte Messungen mit einem Geigerzähler, und siehe da: Das Gerät schlug an. Das Brennholz aus Tschechien hatte radioaktive Strahlungen.

Schlossgespenst

Weil sie die Bewohner in einem Schloss in Südtirol als Gespenst in Angst und Schrecken versetzte, musste eine 42jährige Polin ins Gefängnis. Die Frau hatte dort über Wochen mysteriöse Geräusche produziert. In dem Schloss bei Meran ist ein Kulturzentrum untergebracht. Knarrende Dielen, ins Schloss fallende Türen sowie Schritte auf den Fluren brachten die Schlossherrin und Leiterin des Kulturzentrums dazu, die Polizei zu alarmieren. Diese kamen dem vermeintlichen Gespenst mit Videokameras auf die Schliche, berichteten italienische Zeitungen. Die Polin sei aus Ärger über die Schlossherrin, bei der ihr Ehemann angestellt sei, zu ihrem nächtlichen Treiben veranlasst worden. Ein Richter verhängte vier Monate Haft wegen Belästigung.

Das verfluchte Bett

In einem Krankenhaus in Südafrika starb eines Freitagmorgens ein schwerkranker Mann auf der Intensivstation. Ein Toter auf einer Intensivstation ist nicht allzu ungewöhnlich und so wurde der Mann ohne besondere Untersuchungen beerdigt. Genau eine Woche später starb wieder ein Patient in demselben Bett. Was wie ein merkwürdiger Zufall aussah, entwickelte sich am darauffolgenden Freitag zu einem wirklichen Rätsel des Krankenhauses, als der dritte Patient in eben demselben Bett einschlief. Erste Gerüchte von einem Fluch machten die Runde, doch die rationalen Mediziner suchten erst einmal nach natürlichen Ursachen. Die technischen Geräte wurden durchgecheckt, einschließlich der Klimaanlage. Sie alle funktionierten einwandfrei. Es wurden auch keine Spuren spezieller Bakterien oder anderer Krankheitserreger gefunden, Bettgestell und Matratze waren so normal und vorschriftsgemäß wie nur irgend möglich. Und doch lag am nächsten Freitag wieder ein Toter auf dem Laken. Mittlerweile tuschelte bereits die halbe Belegschaft über das verfluchte Bett und so sah die Krankenhausleitung sich gedrängt, es auszutauschen. Der nächste Patient wurde also auf eine nagelneue Matratze in einem nagelneuen Gestell gelegt, doch auch der nächste Patient war Freitag früh tot. Dem Krankenhaus blieben nicht allzu viele Alternativen, sie hatten sowieso zu wenig Betten für alle Kranken, sie konnten sich ein leeres Bett gar nicht leisten. Und so wurde ein Patient mit geringer Heilungschance in das neue Bett gelegt und man beschloss, ihn fortan unter besondere Beobachtung zu stellen. Eine erfahrene Krankenschwester übernahm es, die Nacht von Donnerstag auf Freitag an seiner Seite zu wachen, ohne diesem zu erklären, weshalb sie hier saß. Schließlich sollte der Kranke nicht beunruhigt werden. Zäh verstrichen die Minuten und nichts geschah. Schließlich, eine knappe Stunde vor Eintreffen der Frühschicht, öffnete sich leise die Tür. Eine Putzfrau mit Walkman auf dem Kopf kam herein, nickte der Krankenschwester zu und zog den Stecker der Lebenserhaltungssysteme des Patienten aus der Steckdose, um den Staubsauger an das Stromnetz anzuschließen. Die Krankenschwester sprang auf und konnte dem Mann gerade noch das Leben retten. Die Putzfrau wurde fristlos entlassen. Das Krankenhaus aber ließ dennoch am selben Tag eine weitere Steckdose neben die alte setzen.

Autofahrer bei Nebel

Im dichten Nebel halten zwei Autofahrer ihren

Kopf aus dem Seitenfenster, um einen besseren Blick auf die Straße zu haben. Man fand ihre Autos völlig unbeschädigt im Graben der jeweiligen Fahrtrichtung. Die Fahrer hatten sich beide das Genick gebrochen. Sie prallten mit ihren Köpfen zusammen.

Safaripark

Da gibt es die Geschichte von der Familie, die an einem Sonntag mit dem neuen Auto in den Safaripark fuhr. Obwohl das Füttern der Tiere dort strengstens untersagt ist, lässt es sich die Familie nicht nehmen, Elefanten durch das offene Fenster mit Erdnüssen zu füttern. Als ein Elefant schließlich mehr von den Erdnüssen haben will und seinen Rüssel immer tiefer in das Wageninnere vordringen lässt, wird der Familienvater nervös, kurbelt das Fenster rauf - und klemmt so den Rüssel ein. Der Elefant tritt daraufhin gegen das Auto, die Familie befreit seinen Rüssel. Als sie nun den Park verlassen, beschweren sie sich allerdings, und meinen, der Elefant hätte aus heiterem Himmel ihr Auto demoliert. Zu ihrem Pech aber haben die Wärter gesehen, was passiert ist und verweigern unter Hinweis darauf, dass das Füttern der Tiere verboten ist, jede Schadenersatzleistung. Also steuert die Familie verärgert ein Lokal an, wo der Familienvater ein, zwei, Bier zu sich nimmt. Dann treten sie die Heimfahrt an, wo ein Unfall passiert ist. Als die Polizisten das demolierte Auto sehen, halten sie den Fahrer auf und fragen, ob er denn in den Unfall verwickelt gewesen sei. Nein, meint der darauf, der Blechschaden sei durch einen Elefanten verursacht worden. Eine

Antwort, die die Beamten - nicht zu Unrecht - vermuten lässt, der Mann könnte zu viel getrunken haben. Also lassen sie ihn den Alkoholtest machen, der prompt positiv ist. Fazit des Sonntagsausflugs: Auto hin, Führerschein weg.

Notlandung

Ein Flugzeugkapitän hat in Italien seine, in Panik geratenen Passagiere, nach einem Triebwerksbrand über eine Notlandung abstimmen lassen. Die Passagiere sahen kurz nach dem Start in Mailand Flammen aus einem der Triebwerke schlagen, zudem gab es deutlichen Rauchgeruch. Der Pilot, der keinen Anlass zur Sorge sah, lies die Passagiere per Handzeichen abstimmen, ob weitergeflogen oder umgekehrt werden sollte. So gut wie alle Passagiere wollten sofort landen, daraufhin kehrte der Pilot nach Mailand zurück.

Probleme beim 1. Date

Ein junges Mädchen namens Caroline hat kurz vor dem ersten Date plötzlich krampfartige Bauchschmerzen. Sie spürt plötzlich, dass sie noch auf Toilette muss, schafft es aber nicht mehr, da ihr Date schon vor der Tür steht. Als sie gemeinsam zu seinem Wagen laufen, geht es gerade noch gut. Doch in dem Moment, als er ihr die Tür schließt, um zu seiner Tür zu gehen, hält sie es nicht mehr aus und nutzt den kurzen Moment: Ein lauter Pups fährt aus ihrem Hintern. Als ihr Date beim Fahrersitz einsteigt, scheint es, als hätte er nichts gehört. Und glücklicherweise riecht es nicht. Kaum sitzt der

Junge im Auto, dreht er sich in Richtung Rücksitz und sagt: „Darf ich dir meine zwei Freunde Linda und Brian vorstellen? Ich dachte, es wäre eine gute Idee, wenn sie uns heute Abend begleiten."

Wenn der Brief zu spät kommt

Eine rumänische Familie bekommt ein Packet von ihren Verwandten. Neben vielen Leckereien befindet sich ein Gefäß mit einem schwarz-grauen Pulver in dem Paket. Die Empfänger nehmen an, dass es eine Art Gewürz ist. Weil auch alle anderen Dinge in dem Paket Lebensmittel sind, streut sie es über ihren Braten. Schmeckt seltsam, aber gar nicht schlecht. Ein paar Tage später flattert wieder Post ins Haus. Der Brief zu dem Paket. Dort steht, dass leider die ebenfalls ausgewanderte Großmutter gestorben ist. Um sie im Heimatland begraben zu können, habe man die Urne mit in das Paket gestellt.

Jung gegen alt

Auf einem Parkplatz kämpfen zwei Autofahrer um eine Parklücke: Mit einem dicken Mercedes versucht ein älterer Herr ziemlich umständlich rückwärts einzuparken, ohne großen Erfolg. Ein junger Mann mit einem kleinen Fiat wartet den richtigen Moment ab und schießt blitzschnell vorwärts auf den freien Parkplatz. Frech grinst er beim Aussteigen den Alten an, läuft zum Mercedes, klopft auf sein Dach und sagt: „Tja, jung und dynamisch müsste man sein!" Der ältere Herr gibt Gas und fährt mit Wucht eine fette Beule in den Fiat. Dann sagt er: „Tja, alt und reich müsste man sein!" Und fährt ruhig davon.

Spinne im Staubsauger

Eine Frau hat in ihrer Wohnung eine große Spinne an der Decke gesehen und sie mit dem Staubsauger abgesaugt. Dann hat sie aber Angst bekommen, dass die Spinne wieder aus der Maschine rauskriechen könnte. Weil sie sicher sein wollte, dass die Spinne tot ist, hat sie den Gashahn des Herdes geöffnet und das Ansaugrohr des Staubsaugers direkt auf die Gasdüse gerichtet. Als sie dann wieder aufgewacht ist, hat sie nur noch den Griff des Staubsaugers in der Hand gehabt, die Spinne war aber tot.

Die versteckte Braut

Auf der Party nach der Hochzeit eines jungen Paares beschlossen die Gäste, die alle schon ein wenig betrunken waren, verstecken zu spielen. Es wurde beschlossen, dass der Bräutigam die anderen sucht. Er fand auch alle, bis auf seine Braut. Nach einiger Zeit des Suchens sagte er, dass es nun nicht mehr witzig sei und ließ sie zurück. Nachdem er mehrere Wochen nichts mehr von ihr gehört hatte, dachte er, dass sie wohl doch jemand anderes hatte und beschloss, auch selbst sein eigenes Leben zu leben. Ein paar Jahre später wischte eine Putzfrau den Staub von einem großen alten Koffer, der sich im Keller des Gebäudes befand, in dem vor vielen Jahren die Hochzeitsparty abgehalten wurde. Aus Neugierde öffnete sie den Koffer natürlich. Im Inneren des Koffers befand sich die verrottete Leiche der vermissten Braut, die sich offensichtlich darin versteckt hatte und dabei eingeschlossen wurde. Ob sie erstickte oder verhungert ist, konnte man nicht feststellen, doch ihr Mund war zu einem entsetzlichen Schrei erstarrt.

Goldfisch

Eine alleinstehende ältere Frau hat einen Goldfisch im Glas und liebt diesen über alles. Täglich spricht sie mit diesem, doch eines Tages erkrankt der Fisch. Die besorgte Frau geht zu einem Tierarzt, dieser verstand aber nichts von Fischen. Dennoch behält er den Fisch und schickt die Dame nach Hause. Der Goldfisch stirbt daraufhin in seiner Praxis und so wirft der Arzt den Fisch ins Klosett. Er kauft einen neuen Goldfisch für drei Euro und sagt der Frau, dass sie den Fisch abholen könne, er sei wieder gesund. Für die Behandlung berechnet der Arzt nur drei Euro.

Der Candyman

Wenn man sich vor einem Spiegel stellt und 5x das Wort "Candyman" sagt, soll nach Vollenden des 5. "Candyman"s hinten im Spiegelbild ein großer schwarzer Mann erscheinen, der sich darauf in der Wirklichkeit manifestiert und einen mit seinem großen Schürhaken holen kommt, der eine fehlende Hand ersetzt. Der Ursprung dieser Legende geht auf das 19. Jahrhundert in den Südstaaten der USA zurück, nachdem ein schwarzer Sklave mit der Tochter eines Großgrundbesitzers angebändelt hatte, woraufhin ihn der wütende Mann erst mit

Honig einschmierte, Bienen losließ und den noch
lebendigen Sklaven dann verbrannt hatte.

Der neue Schornstein

Ein Ehepaar wollte in seinem Haus in Washington
einen Kaminofen einbauen. Da sie es für relativ einfach hielten, einen schlichten Ofen zu montieren, beauftragten die Eheleute auch keinen Fachmann, sondern brachten das gute Stück selbst nach Hause und bauten es eigenhändig ein. Sie vergaßen auch nicht, für das Ofenrohr ein Loch in die Decke zu schneiden. Allerdings bedachten sie das Nächstliegende nicht, nämlich den Schornstein durch den Dachboden und die Bedachung weiterzuführen. Zufrieden mit dem Geleisteten freuten sie sich auf einen gemütlichen Abend am Feuer. Uns so kam es, wie es kommen musste: Die Hitze und die Funken auf dem Dachboden setzten ihr Haus in Brand und bescherten ihnen eine unerwartete zusätzliche Wärmequelle von oben. Die Feuerwehr löschte das Feuer und das Ehepaar kehrte zu seinem Haus zurück, um sich gegenseitig über den 8.000-Dollar-Schaden hinwegzutrösten. Der Brand war jedoch nicht völlig gelöscht, denn die Feuerwehrleute hatten ihre Brandwache zu früh abgebrochen. Am nächsten Morgen brach das Feuer wieder aus und das Haus brannte bis auf die Grundmauern ab. Die Eheleute überlebten.

Croatoan

Im Jahre 1584 entdeckte man die Insel Roanoke, die heute zu North Carolina gehört und beschloss, sie zu besiedeln. Die Insel wurde somit zur ersten englischen Kolonie in Amerika. Man schickte eine Gruppe aus Männern, Frauen und Kindern nach Roanoke, um eine Siedlung zu gründen. Bald jedoch musste die Gruppe feststellen, dass sie mehr Nahrungsmittel brauchten als sie mitgenommen hatten. Also schickten sie ein paar der Siedler zurück nach Europa, um Nachschub zu holen. Als diese dann nach einiger Zeit zurückkehrten, fanden sie die Insel vollkommen leer vor. Keine Menschen, keine Tiere, nicht einmal Leichen oder Skelette. Das einzige, was man vorfand, war das Wort "Croatoan", welches in einen Baumstamm eingeritzt worden war. Bis heute weiß niemand, was mit den ersten Siedlern von Roanoke passiert ist, geschweige denn, was das Wort "Croatoan" bedeutet.

Die Blair-Hexe

Die mysteriöse Geschichte um die Blair-Hexe geht zurück auf die Zeit der Kolonialkriege. Später tauchte die Geschichte ca. alle 60 Jahre erneut auf. Die Zwischenfälle geschahen in einem Gebiet namens Black Hills Forest in Maryland. Im Jahr 1630 unternahm ein Colonel namens Blair eine Expedition in dieses Gebiet. Er ersuchte einen nativ-indianischen Stammeshäuptling, ihn bei seiner Unternehmung zu unterstützen. Dieser jedoch drohte mit Sabotage und verschwand. Trotz dieses Rückschlags errichteten Blair und seine Männer ein Fort, um die Kolonien von Lord Calvert gegen Indianerstämme aus dem Osten zu verteidigen. Etwa 150 Jahre später, 1785, bezichtigten Kinder aus Blair die in Irland geborene Elly Kedward der Hexerei. Sie wurde verurteilt und mitten im Winter in den Black

Hills Forest verbannt. Es wurde angenommen, dass sie erfroren oder verhungert ist. Im folgenden Winter, 1786, waren alle ihre Ankläger und die Hälfte der Kinder der Stadt verschwunden. Als sich das Wetter besserte, flohen die restlichen Menschen aus Blair, weil sie sich vom Fluch der Hexe verfolgt fühlten. Man schwor, den Namen Elly Kedward nie wieder auszusprechen.

Hol das Stöckchen!

Ein Mann aus Michigan/USA kauft sich einen neuen Jeep für 30.000 Dollar. Er geht in seine Stammkneipe und feiert den Kauf mit seinen Kumpels, wobei alle reichlich trinken. Völlig angetrunken beschließen sie, mit dem neuen Jeep auf Entenjagd zu fahren. Sie nehmen den Hund, Gewehre und viel Bier mit. Sie fahren direkt mit dem Jeep auf den gefrorenen See, um dort ein Loch ins Eis zu schlagen, damit dort eine Wasserfläche für die Enten entsteht. Die Männer wollen die Eisfläche mit Dynamit sprengen, damit das Loch entsteht. Sie machen sich bereit und entscheiden, dass der Besitzer des Jeeps das Dynamit wegwirft. Er entfernt sich vom Auto, zündet das Dynamit an und wirft es weit weg. Doch der Besitzer hatte seinen Hund vergessen. Der Hund sprintet sofort los, um sich das "Stöckchen" zu holen. Die Männer schreien den Hund an, damit dieser aufhört, dem Dynamit hinterherzulaufen. Ehe man sich versieht, ist der Hund wieder zurück zu seinen Herrchen. Im Maul trägt er stolz die Dynamitstange. In seiner Verzweiflung nimmt der Jeepbesitzer sein Gewehr und schießt damit auf sein Hund. Der Hund geht in Deckung und versteckt sich sofort unter dem Jeep. Der Hund

und der Jeep gehen in die Luft, um anschließend auf den Grund des Sees zu sinken.

Der Falschparker

Ein Engländer hatte sein Auto vorschriftsmäßig geparkt. Doch als er zurückkam, bemerkte er, dass ein Strafzettel hinter dem Scheibenwischer klemmte. Der Grund: Sein Wagen stand auf einer schraffierten Linie. Allerdings vermochte sich der Mann nicht zu erinnern, dass die Sperrfläche schon da war, als er sein Auto abgestellt hatte. Passanten klärten dann auf. Straßenarbeiter hatten den Wagen zur Seite geschoben, die Linien angebracht und den Wagen zurückgeschoben. Anschließend kam eine Politesse und stellte den Strafzettel aus.

Gemeiner Tätowierer

Einen Scherz erlaubte sich ein chinesischer Tätowierer mit Brandon aus London. Er sollte dem 18jährigen die chinesischen Schriftzeichen für "Ehre, Liebe und Gehorsam" in den Arm stechen. In einem China-Restaurant in London erfuhr Brandon nun, was wirklich auf seinem Arm steht: "Ich bin ein dummes Arschloch." Lange bemerkte Brandon den "Scherz" des Tätowierers nicht.

Viagra-Luft

In mehreren Medien wurde bereits über die Bewohner des kleinen irischen Dorfes Ringaskiddy berichtet, deren Liebesleben durch die Viagra-Dämpfe der nahe gelegenen Pfizer-Produktionsanlage angeblich neuen Schwung erhält. So machen vor allem in den Kneipen Gerüchte über händchenhaltende junge und alte Pärchen, gestärkte Manneskraft, Babyboom und überfüllte Kreißsäle die Runde. Gastarbeiter werden wohl von den Winden mehr beeinflusst, als die Dorfbewohner. Amerikanische Touristen reisen sogar mit dem Bus an, um Viagra-Luft zu schnuppern.

Der Reisesnack

Eine Frau will wegen eines Ehestreits zu ihrer Mutter fahren. Ihr Mann bereitet ihren Reiseproviant vor. Sie packt alles ein und fährt mit dem Auto los. Auf der Strecke sieht sie einen Tramper. Um nicht allein zu sein, nimmt sie ihn mit. Bei näherer Betrachtung erscheint er ihr merkwürdig. Er setzt sich nach hinten. Im Radio hört sie dann eine Information der Polizei: Ein Schwerverbrecher sei ausgebrochen. Es folgt eine konkrete Personenangabe. Da sagt der Tramper: „Jetzt wissen Sie ja, wer ich bin" und zückt eine Pistole. Sie fährt weiter, während er sich über das Essen hermacht und gemütlich Kaffee trinkt. Danach ist es lange still. Die Frau wundert sich, dreht sich um und sieht ihn tot: vergittet.

Keine Katze im Sack

Ein Ehepaar hatte beschlossen, sich im lokalen

Elektroladen einen neuen Flachbildschirm zu kaufen. Die beiden fuhren los. Mit an Bord hatten sie ihren Hund. Es war ein ziemlich heißer Tag und deshalb wollten sie den Hund nicht im Auto zurücklassen, da der Hund auch ziemlich alt und schwach war. Vor dem Eingang sagten die Mitarbeiter jedoch, dass der Zutritt für Hunde nicht gestattet sei. So machten die drei kehrt. Als sie einen kleinen Teil des Rückwegs geschafft hatten, brach der Hund zusammen und starb. Diesen Vorfall hatten die Angestellten des Elektroladens beobachtet. Offenbar von schlechtem Gewissen getrieben, kamen sie auf den Parkplatz gelaufen und boten an, die Hundeleiche vorläufig zu versorgen. Das Angebot wurde akzeptiert, der Hund in einen großen Karton reingelegt. Diesen haben sie verschlossen und in den Laderaum des Autos gelegt. Das Personal erwies sich als feinfühlig und bot dem Ehepaar ein großzügiges Rabatt an. Das Ehepaar erwarb einen Fernseher. Die Mitarbeiter halfen noch, das Gerät zum Auto zu tragen. Das Auto war jedoch aufgebrochen und der Karton, mit dem toten Hund, verschwunden.

Der Drache

In jedem Chinesischen Restaurant hängt oberhalb der Eingangstür ein kleiner Drache. Je nachdem, in welche Richtung der Drache zum Restaurantnamen schaut, kann man feststellen, ob die Besitzer im aktuellen Monat die Schutzgelder für die Mafia bezahlt haben.

Marlboro

Die Firma Marlboro stiftet lebenslang kostenlos Marlboro, wenn man aus Rauch einen großen Ring und 10 kleine dadurch pusten kann. Nur weiß bisher niemand, wie man das genau hinkriegen soll.

Monopoly

Ein Banker aus Süddeutschland, der durch erfolgreiche Börsenspekulation zu schnellem Reichtum gelangt ist, will seiner Mutter, die in einer kleinen Stadt wohnt, zu Weihnachten etwas von seinem Geldsegen zukommen lassen und kommt auf folgende Idee: Er kauft ein Monopoly-Spiel, ersetzt das Spielgeld durch richtiges Geld - insgesamt 40 000.- DM - und packt alles wieder in die Verpackung ein. Durch Bekannte lässt er das Spiel seiner Mutter pünktlich zum Heiligabend zukommen. Sie macht sich aber nichts aus Spielen, geht nach den Feiertagen in ein Spielwarengeschäft und tauscht das Geschenk um.

Nanu Nana

Eine Aachener Filiale der Ladenkette "Nanu Nana" hatte in den 80er Jahren einen Brand zu melden. Daraufhin riefen sie die Feuerwehr. Das Gespräch begann die Geschäftsführerin mit „Hier ist Nanu Nana.." Daraufhin antwortete der diensthabende Mann der Feuerwehrzentrale mit: „Ja, und hier ist Tatü Tata" - und legte auf.

Polizei-Amtshandlung

Ein angetrunkener Autofahrer wurde zu einer Polizeiwache gebracht. Da er sich ziemlich frech und aufsässig verhielt, rutschte einigen Beamten die Hand aus. Nachdem die Wut der Polizisten verraucht war, beratschlagte man, was nun zu tun sei, um einer drohenden Anklage wegen Misshandlung zu entgehen. Der Chef kam dann auf die Idee: „Leute, wir setzen uns rote Verkehrskegel auf den Kopf und tanzen dann um ihn im Kreis herum, wenn er dann die Geschichte erzählt, glaubt ihm das vor Gericht niemand!" Gesagt, getan. Als es dann ein paar Wochen später zur Gerichtsverhandlung kam und die Geschichte erzählte, stellte der Richter natürlich das Verfahren gegen die Polizisten ein.

Tea-Time auf Russisch

In Ostdeutschland arbeitete eine junge Frau im Café. Eines Tages kamen zwei Russen und wollten einen Tee trinken. Sie brachte ihnen Gläser mit heißem Wasser und dazu die Teebeutel. Da die Männer keine Teebeutel kannten, haben sie die Kellnerin gefragt, wie man den Tee trinkt. Sie konnte Russen nicht leiden, deswegen hat sie ihnen gesagt, sie sollen die Teebeutel in den Mund stecken und dann das heiße Wasser trinken. So kam es, dass die beiden Russen in dem Café saßen, Teebeutel im Mund hatten und aus den Gläsern Wasser getrunken haben.

Sperma im Döner oder doch in der Pizza?

Besonders in den Städten des Ruhrgebiets hält sich

hartnäckig das Gerücht, dass einige südländische Imbissbetreiber Sperma in die Dönersoße beimischen würden. Speziell in der rechtsradikalen Szene gibt es auch die Variante, dass die entsprechenden Dönerbudeninhaber die Soße besonders für ihre deutschen Gäste "verfeinern" würden. So würden die Deutschen eine andere Soße, in dem sich Sperma befindet, serviert bekommen. Einige kennen die Geschichte auch in der Pizza-Version: Ein Mann bestellte abends eine Pizza bei einem Lieferdienst. Als sie endlich gebracht wurde, war sie kalt. Also rief er den Lieferservice an und forderte lautstark Ersatz. Den bekam er auch - aber am nächsten Morgen plagten ihn Entzündungen im Mund und Rachen. Er ließ ein übriggebliebenes Pizzastück untersuchen. Der Labortest ergab, dass sich Sperma von mindestens vier verschiedenen Männern auf der Pizza befand. Einer der Männer war an Syphilis erkrankt.

Das Nudelsieb

In den Nachtstunden bieten auch in Italien manche private Fernsehsender verschlüsselte Programme an, die nur für Erwachsene geeignet waren. Um diese ansehen zu können, musste man beim Sender gegen teure Gebühren ein Abo abschließen und einen Decoder ans Fernsehgerät anschließen. Findige Italiener fanden jedoch heraus, dass man die Programme auch ohne teures Zusatzgerät sehen konnte: Man musste lediglich einen Nudel-Sieb sehr rasch mit der Hand vor dem Auge auf- und abbewegen und schon sah man anstelle der vielen verschwommenen Linien ein klares Fernsehbild des dargebotenen Programms.

Verschwunden

In Grenoble fuhr ein Industrieller seine junge Frau zu einem eleganten Konfektionsgeschäft der Stadt. Er wartete eine halbe Stunde, eine Dreiviertelstunde und schließlich wurde er ungeduldig. Er fragte im Geschäft nach seiner Frau und erhielt die Antwort: „Wir haben sie hier überhaupt nicht gesehen." Da sich unser Industrieller völlig sicher war, dass er beobachtet hatte, wie seine Frau den Laden betreten hatte, schöpfte er Verdacht, ließ sich aber nichts anmerken. Er entschuldigte sich, stieg wieder ins Auto und fuhr zum nächsten Polizeirevier. Die Inspektoren, die bestimmte Gründe hatten, das betreffende Geschäft zu verdächtigen, umstellten bald das Gebäude und begannen mit der Durchsuchung. Sie entdeckten die junge Frau in einem Hinterzimmer des Ladens. Die Polizisten bemerkten am rechten Arm der Frau einen Einstich: Man hatte ihr eine Betäubungsspritze gegeben. Was man mit der Frau vorhatte, ist nicht bekannt.

Sterben verboten!

In Paris wird ein Viertel auch "Hongkong an der Seine" genannt. Die asiatische Gemeinschaft hat sich dort in einigen Wolkenkratzern konzentriert. Bei einer Bevölkerung von 20.000 Einwohnern wurden jährlich nur zwei oder drei Totenscheine ausgestellt. Wo sind also die fehlenden Toten? Dem Gerücht zufolge werden sie nach Belgien oder Holland geschafft und dort beerdigt. Angeblich verwendet man deren Papiere wieder, indem man sie verkaufe oder illegalen Einwanderern zur Benutzung überlasse. Es soll sich also um eine Methode handeln, neue Einwanderer nach Frankreich einzuschleusen.

Der Taucher auf dem Baum

Als es vor einigen Jahren in den USA zu heftigen Waldbränden kam, entschlossen sich die Behörden Löschflugzeuge einzusetzen, um der Flammen Herr zu werden. Als Wasserquelle sollte diesen ein See dienen, welcher aufgrund seiner Länge leicht angeflogen werden konnte. Nachdem die Feuerwehr und die fliegenden Löschkräfte den Brand gebändigt und schließlich besiegt hatten, machte man eine erschreckende und zudem kuriose Entdeckung: In einem verkohlten Waldstück fand man zwei tote Taucher. Einer hing in einem Baumwipfel und ein weiterer lag leblos auf dem verkohlten Boden. Zunächst herrschte Verwirrung über den seltsamen Fund, doch wie sich schließlich herausstellte, handelte es sich bei den beiden Leichen um einen pensionierten Tauchlehrer und dessen Sohn. Beide hatten scheinbar in dem See, welcher als Wasserquelle für die Flugzeuge diente, das Tauchen für eine bevorstehende Reise ans Meer geübt und waren versehentlich von einem Flugzeug aufgeladen worden.

Der Clown

Ein Mädchen passte auf das Baby der Nachbarn auf, die über Nacht weg waren. Sie brachte die zwei Kinder ins Bett und wollte sich dann auch im Gästezimmer hinlegen. Jedoch konnte sie nicht richtig einschlafen, wegen einer Clown-Puppe im Zimmer.

Das Mädchen hatte das Gefühl, als ober der Clown sie beobachten würde. Die Eltern riefen kurze Zeit später an um zu fragen, ob die Kinder im Bett sind und ob sie sich auch hinlegen würde. Dann hat sie den Eltern von der großen Clown-Puppe erzählt und gesagt, dass sie in diesem Zimmer nicht schlafen kann. Die Eltern sagten ihr, dass sie sofort die Polizei anrufen soll und dass sie überhaupt keine Clown-Puppe im Haus haben. Die Polizei stellte dann fest, dass dort im Zimmer ein echter Mensch als Clown verkleidet war.

Möbelhaus

Eine Familie geht durch ein Möbelgeschäft, die 4jährige Tochter spielt zwischen den Regalen. Plötzlich ist sie weg. Die Eltern suchen erst alleine nach dem Mädchen, bitten dann einen Angestellten um Hilfe. Dieser fragt, wie lange das Kind schon weg ist. Etwa 10 Minuten ist die Antwort. Daraufhin wird dieser ganz hektisch und veranlasst die sofortige Schließung des Ladens. Keiner kommt mehr rein noch raus. Die Mitarbeiter streben sofort die Toiletten an und finden das Mädchen völlig verängstigt und verstört in dem Sanitärbereich. Mit kurz rasierten Haaren und in Jungenklamotten. Das Möbelhaus sorgte dafür, dass diese Geschichte nie in die Öffentlichkeit kam. Leider nicht mit Erfolg.

Pferdefleisch

Drei Freunde waren nach einem Flugzeugabsturz in einem menschenleeren Waldgebiet vom Hungertod bedroht. Zwei Freunde zogen los, um etwas Essbares zu finden. Der andere machte währenddessen ein Lagerfeuer. Nach ein paar Stunden kehrte nur der eine Freund allein mit einem großen blutigen Fleischstück zurück. Auf die Frage, wo denn der andere Freund sei, antwortete dieser, dass er von einem Raubtier getötet wurde. Er habe ihn dann im Wald begraben und anschließend ein Wildpferd getötet und ihm dieses große Stück Fleisch herausgeschnitten. Sie bereiteten das Fleisch zu und wurden auch nach ein paar Tagen gerettet. Monate später, aus Neugier, geht der Mann, der am Lagerfeuer gewartet hatte in ein Restaurant und bestellt sich Pferdefleisch. Dieser stellte erschrocken fest, dass das Pferdefleisch aus dem Wald nichts mit diesem Pferdfleisch auf seinem Teller zu tun hatte. Er ging in das Haus des Freundes und erschoss ihn. Er wusste nun, dass er im Wald einen Körperteil seines besten Freundes gegessen hatte.

Die Kloschüssel

Fall I: 2008 war im österreichischen Linz eine Frau von einer ungiftigen Boa auf der Toilette gebissen worden. Offenbar hatte ihr Ex-Freund bei seinem Auszug einige Terrarien mit Schlangen vergessen. Sie wurde aber nur ins Bein gebissen.

Fall II: 2011 hatte ein 7jähriges Mädchen eine Schlange in einer Toilette in der Wohnung eines Mehrfamilienhauses in Hannover entdeckt. Die Boa zischelte ihr entgegen, als sie den Deckel anhob. Das Tier war vorher vermutlich aus seinem Terrarium geflohen und in ein Abwasser gekrochen.

Fall III: 2013 ist in Israel ein Mann in ein Krankenhaus eingeliefert worden, nachdem er auf der Toilette von einer Schlange in seinen Penis gebissen wurde. Der 35jährige war während des Vorfalls zu Besuch bei seinen Eltern in der Stadt Nofit. Die Schlange sei plötzlich aus der Kloschüssel vorgeschnellt und habe zugeschnappt. Der Mann habe großes Glück gehabt, dass das Tier nicht giftig gewesen sei, denn in Israel gibt es auch ganz andere Arten wie die Wüsten-Cobra, deren Biss sogar tödlich sein kann. Um welche Art es sich bei der Schlange aus dem Klo handelte, ist allerdings nicht genau bekannt. Trotzdem stehe der Mann weiter unter ärztlicher Beobachtung.

Jedes Jahr erscheinen neue Zeitungsberichte, wo jemand in seiner Kloschüssel eine Schlange entdeckt.